诗颂风华

第三届缙云诗会作品集

中共重庆市北碚区委宣传部 编

西南大学出版社

图书在版编目（CIP）数据

诗颂风华：第三届缙云诗会作品集 / 中共重庆市北碚区委宣传部编；江绪容主编. -- 重庆：西南大学出版社, 2022.12
　ISBN 978-7-5697-1573-6

Ⅰ. ①诗… Ⅱ. ①中… ②江… Ⅲ. ①诗集 – 中国 – 当代 Ⅳ. ① I227

中国版本图书馆 CIP 数据核字（2022）第 130527 号

诗颂风华：第三届缙云诗会作品集
SHI SONG FENGHUA:DI-SAN JIE JINYUN SHIHUI ZUOPINJI
中共重庆市北碚区委宣传部　编
江绪容　主编

责任编辑：张　昊
责任校对：徐庆兰
装帧设计：观止堂_未　氓
封面配图：吴祥鸿
排　　版：瞿　勤
出版发行：西南大学出版社（原西南师范大学出版社）
　　　　　地址：重庆市北碚区天生路2号
　　　　　邮编：400715
印　　刷：重庆友源印务有限公司
幅面尺寸：145 mm × 210 mm
印　　张：7.75
字　　数：155千字
版　　次：2022年12月　第1版
印　　次：2022年12月　第1次印刷
书　　号：ISBN 978-7-5697-1573-6

定　　价：68.00元

编委会

顾　问：何　浩　李少君　吕　进　冉　冉
主　任：王　俊　黄祖英
副主任：江绪容　刘　永
主　编：江绪容

编　委：胡一珊　江绪容　蒋登科　刘　永
　　　　　向天渊　张汝国　郑劲松　周洪玲

代 序

巴山夜雨：千年信笺与时空对谈

霍俊明[①]

在一千多年前的一个幽黑、潮湿的雨夜，客居巴蜀的李商隐写下了"君问归期未有期，巴山夜雨涨秋池。何当共剪西窗烛，却话巴山夜雨时"这千古名篇。巴山在伟大诗人这里重新获得了被命名与发现的机会，而"巴山夜雨"作为"千古愁"以及伟大的精神共时体吸引着一代又一代的诗人，好像是一封来自千年前的古老信笺等待人们去拆封、解读和复信。

缙云诗会自 2019 年创办以来，至今已历三届，随着诸多优秀诗人对重庆北碚、缙云山、嘉陵江的主题性抒写，一个伟大的诗歌地标经由传统的滋养在新的时代语境下重新被激活、被发现、被再次创设。

一场雨几乎淋湿了古往今来所有诗人的愁苦，诗人也随之在雨夜打开了一个个面向未来的愿景。不可阻拒的是一场场绵延不已的时空对话开始了，"一座大自然的钟表，迟疑的滴答声"（罗燕廷《在巴山，听夜雨，兼致李商隐》）……

通过阅读《诗颂风华：第三届缙云诗会作品集》

[①] 河北丰润人，诗人、批评家、研究员，现任中国作家协会《诗刊》社副主编，著有《转世的桃花——陈超评传》《雷平阳词典》等诗学专著、译注、诗集、散文集、批评集、随笔集等三十余部。

中近三十位诗人的作品,我发现诸多诗人将北碚和缙云山置放于历史与现实(时代)相交融的"对话诗学"维度之下,由此诗歌的个体性、历史感和现实感被同时激活。值得注意的小长诗和主题性组诗纷至沓来,比如《缙云山下》(吴小虫)、《关于北碚》(萧刈)、《在巴山,听夜雨,兼致李商隐》(罗燕廷)、《北碚絮语:巴山夜雨的诗意告白》(梁书正)、《巴山夜雨:北碚风物志(组诗)》(徐徐)、《北碚的四个四重奏(组诗)》(梁梓)、《突围而至:北碚史记》(彬蔚)、《在北碚,遇见余生》(龚会)、《北碚回忆录(组诗)》(李锦城)、《北碚美学结构:在时空的谱系上雕琢巨型的风雅》(陆承)、《夜雨寄北(组诗)》(罗国雄)、《寄自唐朝的巴山信笺(组诗)》(震杳)、《写给北碚的家书,没有一个词语不是湿的》(马冬生)、《缙云山笔记(组诗)》(王征桦)等等。之所以有如此的诗歌样式和文本形态,都要归功于缙云山、北碚乃至唐诗和李商隐自身的精神体量之庞大、深幽、高迥,任何的"浮泛抒情"以及套路化的"吟唱"与此等高度、深度的"巴山"是不对等的。也就是说诗人必须是具备精神能见度和思想难度的特殊群体。于此,诗人必须尽可能放低"身段"且要不断拉抻、拓展"视野",必须以"真诚"和"难度"来面对这亘古如斯的山水,必须用具备生命力、精神效力、思想活力的诗歌来回应内心的"万古愁"以及新时代的经验。这既是现实经验层面的,又是写作经验层面的,而它们又是彼此打开、相互接通的,而任何一方的沉溺都会妨害真正意义上的"好诗"和"重要的诗"产生。

众多诗人参与缙云诗会的诗歌作品再次印证了一个恒久的写作规律,即不同的人面对同一个空间所产生的情感以及心理感受是有差异的,每个人观看事物的位置、角度、姿态以及方式也是因人而异的,至于文本的面目就更是千差万别了。

缙云山又名巴山,位于北碚区嘉陵江温塘峡畔,李商隐的"巴山夜雨"已然成为诗人与时空对话的"千古愁","这场夜雨,你听过之后 / 很多人又接着听 / 一千多年了,都没有被听旧 // 现在轮到我听了 / 雨声中,那些被时光折叠起来的古道 / 牛马、驿站和炊烟 / 又重新在你笔下,那片漆黑的旷野里 / 慢慢展开"(罗燕廷《在巴山,听夜雨,兼致李商隐》)。确实,通过这部作品集,我们可以看到唐诗、李商隐以及"巴山夜雨"被诗人反复提及,它们已成为关键词和核心场域。与此同时,"传统与当代"的话题在诗歌写作中不断得到回应,由此"对话"与"倾听"成为诸多诗人的精神姿态和文本构架。

诗人与山川风物、自然空间、历史遗迹、现实情势乃至地域文化的互动关系在缙云诗会的系列作品中也得到了反复验证。围绕着北碚、缙云山以及嘉陵江等展开的对话空间和时间场景成为诗歌的精神共时体结构，而空间以及其间的事物对于写作者而言既是感受性的又是想象化的和修辞性的，既是历史化的又是现实化乃至个体性的，诗人已然参与到对空间、时间的重构过程当中。当然，我们也要注意到任何一种主题写作都是有门槛、有难度的，这既是修辞、技艺、语言和想象力层面的，又是人品、襟怀、世界观以及思想难度意义上的。任何一个写诗的人都应该对"诗"与"人"有双重的敬畏之心，任何伟大作品的诞生都是要经过"词与物""诗与人"之间的反复对视、磋商、盘诘和磨砺的。这是存在意识之下的时间和记忆对物的深度凝视，也是一次次精神能动的时刻。质言之，任何一首真正意义上的诗都必须是经得住时间和读者考验的，因此我们也要注意到诗歌的调子不能太高、太空，更要避免一些"征文体"的惯性写作思维。比如就缙云山而言，它的地理、地貌、水系、土壤、岩石、植被以及更为内在的历史、文化、地方性格以及生存状态都是值得深入抒写的。而从襟怀和视野而言，北碚和缙云山都为诗人们提供了诸多的平台和入口，它们的历史感和时间感都值得每一个诗人沉思、自省，值得每一个诗人在历史、当下和未来的三个时间坐标的交叉点上重新认识空间、风物、历史、社会以及自我,"此时,我是缓慢的,安静的人 / 带着自身的盐,矿物质和过去的 / 日子。流向下游"(大窗《在北碚嘉陵江边》)。

这些作品印证了诗人既要面对时间的压力,更要通过强力意识来改造时间的线性结构。由此,我想到 E.M. 齐奥朗所说的:"时间是一种慰藉。可是意识挫败了时间。没有什么轻松的疗程可以治愈意识。"(《眼泪与圣徒》)时间、意识和词语正是一个诗人所要时刻面对的三重难题。

最后,我想强调的是,一个诗人除了具备"现实感"和"时代性"之外,还必须具备"创造力"和"超越性"。对于"历史之诗"和"时代之诗"而言,这是个体时间在自然时间和历史之间的交互往返,是立足于个人和时代但又最终超越了个人和时代的"总体之诗",是"命运的交响曲",是"人类的博物馆"。

2022 年 7 月,北京雨后

目 录

〰〰〰 霍俊明 | 代序　巴山夜雨：千年信笺与时空对谈　001

〰〰〰 **白建勇**
　　巴山，一场情愫千年的夜雨（组诗）　002

〰〰〰 **彬　蔚**
　　突围而至：北碚史记　008

〰〰〰 **陈　与**
　　进入柳门　018
　　黄金香柳　020

〰〰〰 **大　窗**
　　在北碚嘉陵江边　024
　　西南大学·电瓶车　025
　　在西南大学出席的一次诗歌聚会　026

〰〰〰 **龚　会**
　　在北碚，遇见余生　030

︿︿︿ **公艳艳**
　　巴山夜雨寄相思（组诗）　　　　　　　　　　　040

︿︿︿ **李锦城**
　　北碚回忆录（组诗）　　　　　　　　　　　　044

︿︿︿ **厉运波**
　　北碚纪事（组诗）　　　　　　　　　　　　　052

︿︿︿ **梁书正**
　　北碚絮语：巴山夜雨的诗意告白　　　　　　　058

︿︿︿ **梁　梓**
　　北碚的四个四重奏（组诗）　　　　　　　　　066

︿︿︿ **陆　承**
　　北碚美学结构：在时空的谱系上雕琢巨型的风雅　072

︿︿︿ **罗国雄**
　　夜雨寄北（组诗）　　　　　　　　　　　　　082

吕　进
北碚　　　　　　　　　　　　　　　　　　090

罗燕廷
在巴山，听夜雨，兼致李商隐　　　　　　094

马冬生
写给北碚的家书，没有一个词语不是湿的　104

梅苔儿
北碚风物图志（组诗）　　　　　　　　　110

潘昌操
缙云山　　　　　　　　　　　　　　　　122
夜游北碚嘉陵风情步行街记　　　　　　　123
芸香谷里满是诗句　　　　　　　　　　　125
金刀峡　　　　　　　　　　　　　　　　128
初心——给晏阳初博士　　　　　　　　　129

秦　俭
静观蜡梅　　　　　　　　　　　　　　　132

△△△ 唐　水
　　一个异乡人的诗歌地图（组诗）　　　　　　　　　　136

△△△ 万世长
　　北碚的两种时光　　　　　　　　　　　　　　　　142

△△△ 王瑶宇
　　北碚行吟录（组诗）　　　　　　　　　　　　　　146

△△△ 王征桦
　　缙云山笔记（组诗）　　　　　　　　　　　　　　150

△△△ 吴小虫
　　缙云山下（组诗）　　　　　　　　　　　　　　　158

△△△ 徐　徐
　　巴山夜雨：北碚风物志（组诗）　　　　　　　　　168

△△△ 萧　刈
　　关于北碚（组诗）　　　　　　　　　　　　　　　172

殷艳妮

东升村　　　　　　　　　　　　　　　188

巴山夜雨　　　　　　　　　　　　　192

郑劲松

金刚碑问　　　　　　　　　　　　　196

缙云甜茶　　　　　　　　　　　　　199

缙云四照花　　　　　　　　　　　　202

龙凤溪三题　　　　　　　　　　　　204

巴山夜雨　　　　　　　　　　　　　210

冬日黛湖：我不想把这样的美公诸于众　212

远方在飘雪　　　　　　　　　　　　214

震　杳

寄自唐朝的巴山信笺（组诗）　　　　218

赵星宇

北碚印象（组诗）　　　　　　　　　226

白建勇，第二届"巴山夜雨诗歌奖"优秀奖得主。

白建勇

巴山，一场情愫千年的夜雨（组诗）

北碚，江水与山川的爱情诗

今夜的雨，又一次涨满了秋天的池塘，风吹来了凉意

我在不安的夜里醒来，给你写一封长信

把所有在秋天盛开的词语，都发酵在一起

诉说久久不能平歇的思念

你弹起五十弦的锦瑟，我在遥远的北方唱起歌

高高低低的街巷，一瞬间就开出诗与花的缠绵

石板路被青苔染色，还有十指相扣的印迹

月光洒满大地，故事的始末变得温柔、模糊

只有在北碚的星空下，我才是安详的

涛声不息，激荡着唐诗里的朝霞，宋词里的浮云

为每颗乘舟而来的心抵御了寒冷

从时光里传来的钟鸣，愈合了我的伤疤

要有一万朵花同时醒来，才能唤出有你的秋天

终于，你张开双臂，迎接我的拥抱

背后带着缙云八百年的山风

北碚，永久不能熄灭的爱情

八月的北碚，雨水敲打着芭蕉叶子
也打湿了隔着玻璃，凝望虚无的脸。光影交错
我热爱这样安静的片刻。那个从晚唐的落日余晖中
一袭青衫，缓缓走来的男子，和我一样念念不忘
这里的山水，这里的炊烟，这里的你

前尘往事辗转来回，那已惘然的过去
掺着巴山清风，让诗句的意象变得扑朔迷离
谁还在这里等待，多情如斯，而黄昏短暂
窗前的烛花亮起来，你一个人，剪了又剪

于是，巴山不仅仅是一座山的名称
更是一阕关于你缠绵悱恻的人间好词
嘉陵江中那一块碚石
不是石头，是我永久不能熄灭的爱情

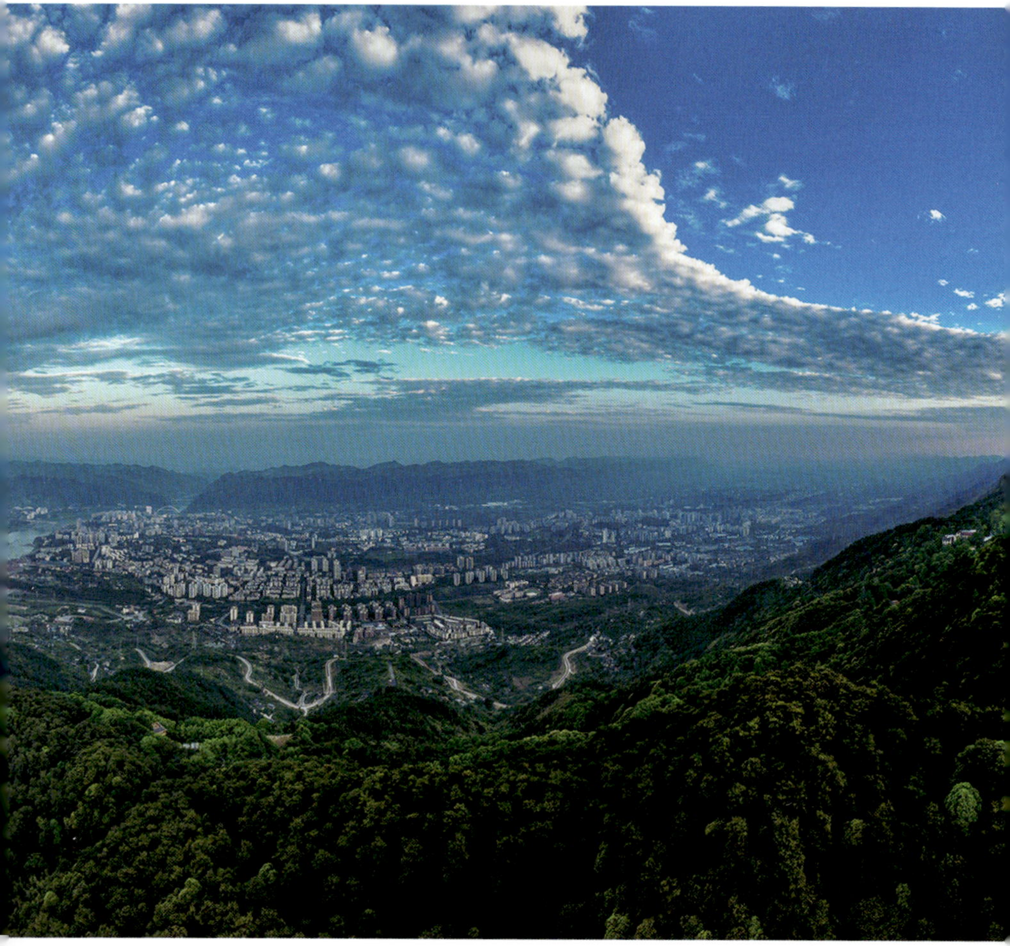

缙岭云霞　陈飞胜/摄

北碚，当我触摸到日夜思念的容颜

是怎样的决绝，才与你做了告别，我那热爱的巴蜀
轮渡在嘉陵江上来回，在爱与离别中行驶
我几乎辨不清方向，只感受到你从古镇中传来的凝望
是那般的深切，醇浓

相思的刻度，在掌心蔓延，在时间的距离里
化成一寸一寸的灰烬。远方的植物总是长满了乡愁
多想能够停下来，成为沿河小镇里的一只青鸟
在消逝的雨天，为你衔来一封写满思念的信笺

晨钟敲响，我仿佛触摸到你眼睛的暖意
一如北碚的十里温泉，融化了悲伤，柔软了岁月
举起一杯酒，敬辽阔的江水，幽幽的碧潭
这一刻，北碚的味道，是一篇洋溢着爱的长诗

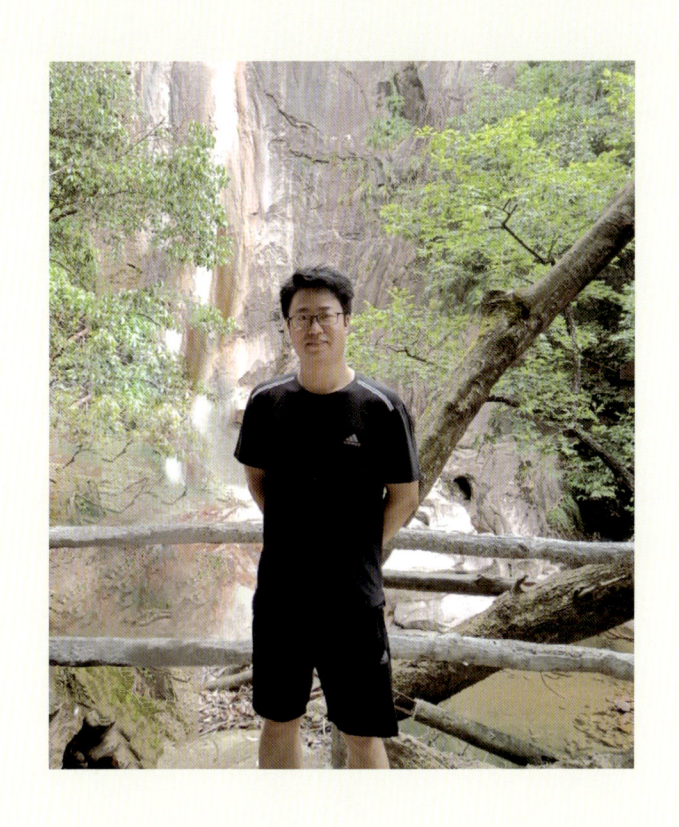

彬蔚，甘肃省作家协会会员，第二届"巴山夜雨诗歌奖"三等奖得主。

彬蔚

突围而至：北碚史记

一

风声虚掩着急流，撤退的人没有胜利的可能
被李商隐复活的口碑
让来来往往的身影，交出等待

我曾用辽阔胸怀接纳万物
我曾像一滴叛逆的水，从南到北，从上到下
从清晨到黄昏，只为寻见昼夜的微瑕

巴山夜雨是一把匕首，刀锋藏着
一位诗人的秘密，和女孩心跳的真相

一首诗的隐喻不能太盛大，怀念
也不能太频繁，李商隐在马背上为人间断言
夕阳从腰部跌落，雏形如巴山的暗礁

唯有冷却逃离的心，才能让涌动的梦
找到荣誉感，恢复北碚的成就和荣誉

失眠的点烛姑娘，正在吞服红尘的劫数，隐疾
来自北方的游客心思缜密，太阳会照常升起
只是故乡太狭窄，很难装下一位诗人纯粹的年轮

略带偏见就无法救赎罪孽，囚不住的鸟群
正在喂养鱼儿，抵达即是归宿

二

深蓝，足以占尽一首诗的所有颜色
思念保持着进攻的姿态，让独自行走的步履
溃不成军，唯有凯旋，才能翻山而过

信仰没有虚构的成分
春天不困，北碚不停，伸手捞起一把水草
根须被太阳染成浅白，此刻
谁选择招安，谁就输了一半

男人的唇封印了很多往事，包括功名利禄
无奈北碚山水的雏形过于清晰
以至询问归期的女人不敢太显眼

失重的赋文，是孩子为北碚恪守的初衷
语言开锋，消除李商隐的难言之痛

丰收回潮，灌溉田园，小麦色的信件
写的全是相思式的文字与回忆

巴山夜雨是一个诗人的归宿，烛影是一面镜子
倒映出容颜，粗细分明

倒映出社稷江山的背景图
比天才画家更出名，我路过巴山的时候
正好有鸟聚集，蒲公英漫天飞舞
我似乎回到了浪漫的唐代

三

守候是使命，我愿用一生迁就
放逐爱情，祈求诗人原谅——雾霭塞满甬道
允许雨滴为李商隐录口供，再以动物的身份
投身秋池，回归微颤的故乡

醉态的水可以为女人赴汤蹈火
为陌生访客倾诉苦衷，情书纯白如长昼
鸟群飞进北碚，拒绝为闪电守身

我在巴山以外推测高粱酒的后劲
给生计赋予石头的硬度，落日栖息的地方
被黄昏独宠，诗人软肋只剩乡愁

为北碚呈上白花花的赞美，枕头一般精致
把整个人间都浮在巴山

我在故乡倒立，与唐朝并行不悖
为多情诗人腾出生辰，馈赠最清澈的急流

用雨水喂饱余生，修行不够
很难安慰迷路的石头，扫除体内的忐忑
才能欣赏到一座山的容量
囊括无数诗意与修辞，没有邂逅李商隐的夜晚
比悲怆更简陋，爱情是一个节点
左边是生，右边是命

四

从雨季撤退时，母亲已排除
袖口藏家的游子，月光洒满状元的眼眶
书生在北碚结束了漂流，官腔成为李商隐
从内向外突围的因果

为季节冻结嗅觉，赞美化作全部感知
怀旧诗人逗留在桑梓，用舟楫助燃
火焰烧尽籍贯，替一座山完成隐姓埋名

挂在酒竿的真假，被素食主义说漏了嘴

民心露出水面，慈悲为怀的臣子

镂空胭脂味，让水淋湿君子的归期

思念不再是一个静态的词

钟毓古典更贴近北碚，有灯长明，柔软如兮

复原玻璃般清澈透明的抒情歌

青春期的情绪提前成熟，藏蓝色的天

收纳着溢出文本的仰视，李商隐的叮嘱

更像一场永无止境的回忆和传承

女孩的口音带有善良，行吟诗人

棱角分明的呼唤，大致如此

五

没有暗夜能躲过超度，破碎的泪珠

属于例外，红颜抚平黄昏的褶皱

让尘埃无路可退，让归人认可皈依的命

尘埃落在水面，不影响

前来拜谒的南北游客，慕名而至

不是为了脆而甜的苹果,而是赴北碚之约

红拂女偷渡,谈判,会显得很不正统
只是诗歌的弦外之音接近幻想

铁匠追求炉火的纯青度,和佩剑门徒相反
丁点儿失败,就能让交流中断
纵然减免思念的隐痛,也难以抵消
逐渐充盈的盼归情绪

名讳不能提到,说书人陆续统一读法
用方言争辩,谁在清晨和萍水相逢的人对谈
谁就必须为巴山投放慈悲

谁潜伏在巴山,替李商隐灌醉人间
又揭开北碚谜底——那层镀在窗户的喘息
是美人遗留的光环,硬如花瓣

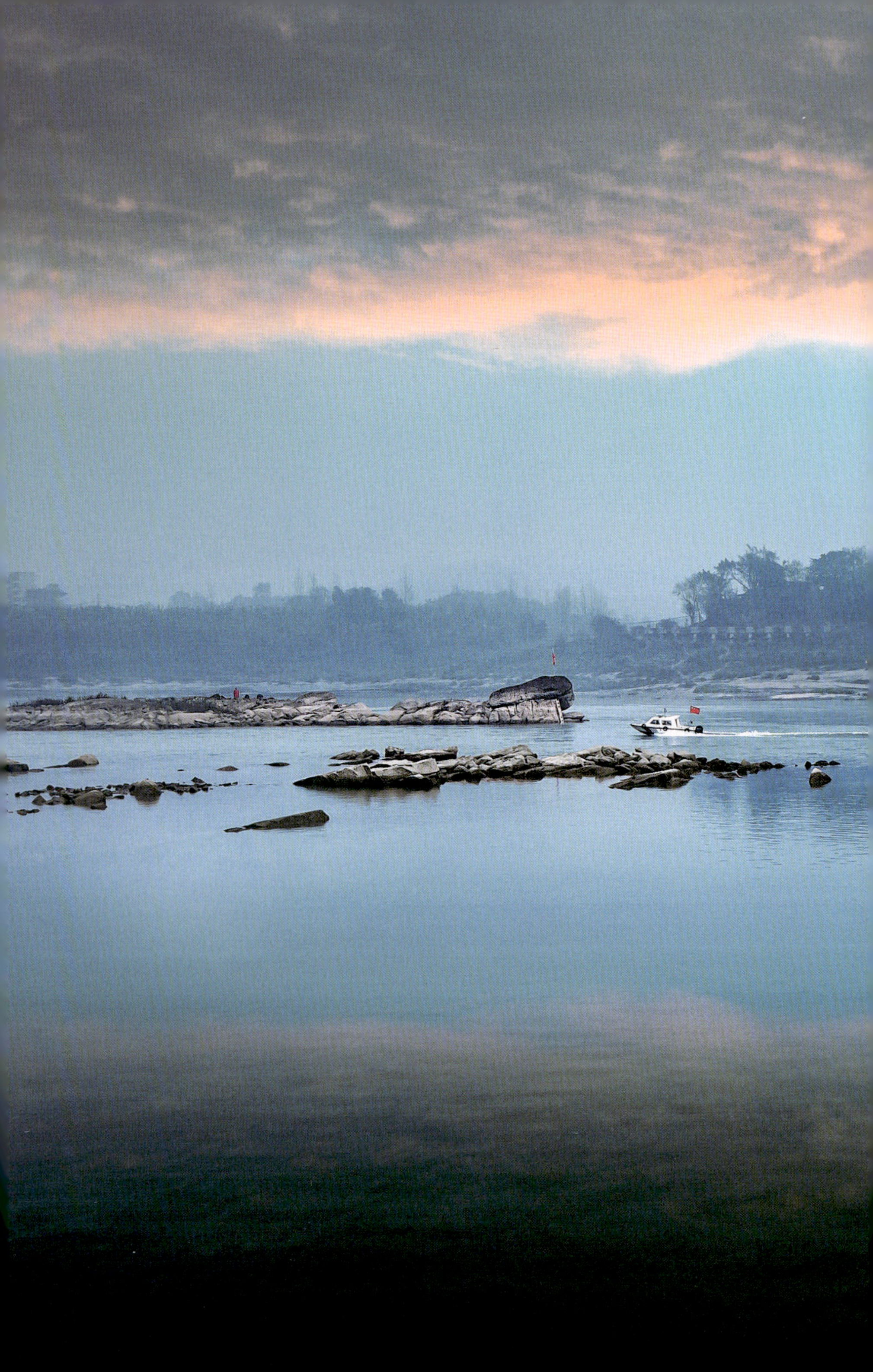

碚石的故事　李继洪／摄

陈与，重庆市渝中区作家协会副主席，重庆文学院首届创作员，第二届"巴山夜雨诗歌奖"优秀奖得主。

陈与

进入柳门

没有柳树　只有一堵石墙

柳门两个字嵌入了大圆圈

如东升村村委会的大红公章

在踏入柳门之前　有一座石桥

桥下潺潺的溪水里

有大石头小石头　这是一群活化石

在石头缝中　有以前的小伙伴

搬石捉鱼捕蛙的光腚子

还有溪边的小姑娘　递来一只竹篓

尖声叫着那里有鱼有虾

原是古村落　现在打造成艺术教研基地

卡通画已是变形的房子

有布老虎的窗台　有米老鼠娶媳妇的房墙

还有动画片《熊出没》的熊大

这些颜料　来自东升村的黄金香柳

来自东升村田野中的一片稻谷

在猕猴桃里提取表达

在花卉里提取元素

让岁月的如椽大笔落素锦意

或竹林望月花影斜照

或幽暗中飘过天使的眼睛

北方的古院落以势夺人

大气端庄　开阔爽朗

而眼前东升村的柳门古院

有线条彩绘　有愿意染色的门柱房檐

虽不是琴棋书画的秦淮八艳

但曲雅幽深 更像猜不透的谜语

有红灯笼的暮色院坝

有一片大朵挨着小朵的窗花

想起寂寥中的一群女子

她们是肥沃的东升村　坚守土地

有人虽然走出了东升村

但她们的爱跟着走远

直到月朗星稀时的拂晓

黄金香柳

本是常绿乔木　却在东升村华丽转身
锥形的叶片如一座金字塔
仿佛香柳穿上了金黄色的连衣裙
成为化妆品的浮生尘缘
成为很多女子的脸庞
在香薰里　杨家坝坐禅养神
一花一世界　一叶一菩提
百年古桥嚼着抽象的现代绘画
夸张的草人是动画片　《熊出没》中的熊二
草帽盖在高高的谷垛上

把黄金香柳熬成水　可以沐浴
在沐浴中　杨家坝的锄头镰刀
牵手碓窝和石磨　风车蹲在石盘中
等待脱谷时的屋前鲜花
草编的肥猪目不暇接
看到通道的梯坎旁　王家的旧口盅嵌进石栏
李大娘的旧车轮当了蜘蛛侠
陈婆婆的旧茶杯做了笔筒

黄金香柳可以制药　可以舒筋活络
从杨家坝里走出来的村民
伸了伸脖子　看到自己门前的竹巷

柳荫新农村 廖朝毅/摄

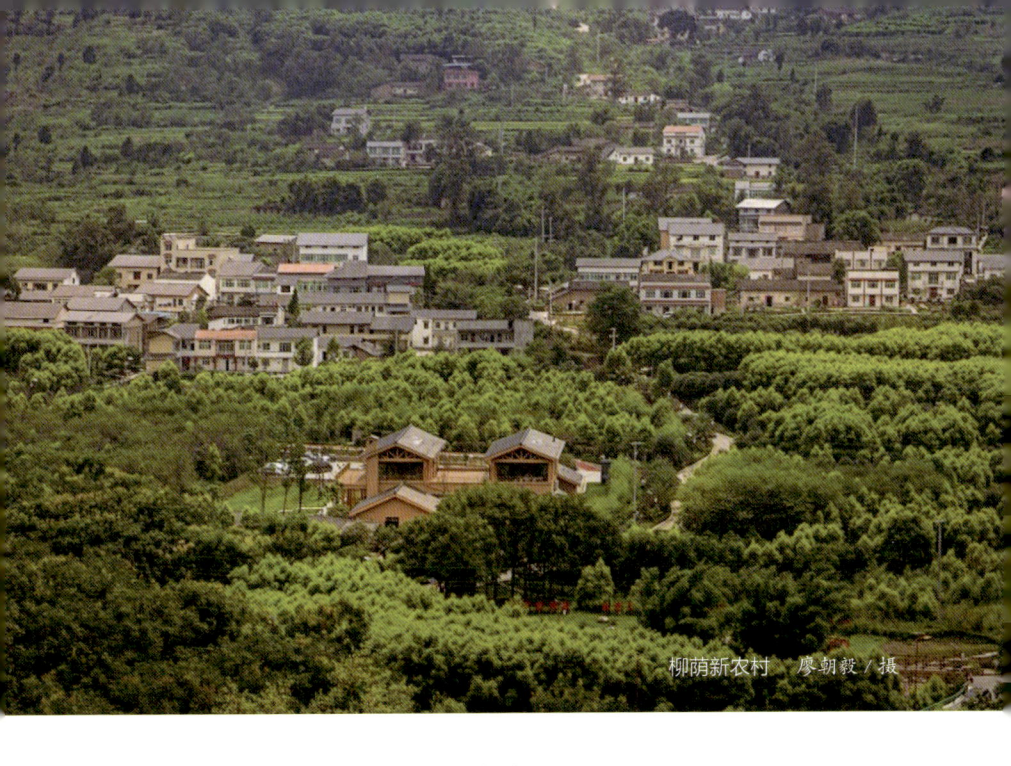

那淡定的竹祀堂

是干干净净的竹枝词

回眸一笑　已穿过现实与虚妄的徘徊

竹枝词是如期而至的姑娘

在望渠亭的旁边　有好多颜色和气味

长出精致的幽谷山涧　悬崖峰峦

它们都在急急的回乡途中

回家就不会单身了　就有父母了

它们在汽车转过山梁时

闻到了黄金香柳的淡淡清香

大窗，本名罗雄华，重庆市新诗学会副会长、九龙坡区作家协会主席，《重庆诗刊》副主编，第二届"巴山夜雨诗歌奖"优秀奖得主。

大窗

在北碚嘉陵江边

此时,我是缓慢的,安静的人
带着自身的盐、矿物质和过去的
日子。流向下游

我漫无目的,望着
两岸倒影如剪,刀影平移
锐利,迟钝。像疼痛的两面
我要用后半生覆盖前半生
内心的坚果,正在渐渐变软

有些人似曾相识,见过面
或有深交。遥远之事倒映其中
动动心思就模糊了
眼前北碚的嘉陵江水
清澈,轻盈。但心事很重

它是否怀揣愧疚,愧对枯叶落花
和移居天国的朋友
我们定居于此,却漂泊终生

西南大学·电瓶车

像是一个怀揣秘密的人，我镶嵌在座位上
细雨斜飞过来，微凉的左臂仿佛要开出一朵
馨香的花。这夜幕降临的时刻，本身就流淌
暧昧的气息。车轮驶过安静的池塘
一个嗅着莲叶的女子，让我说出：多幸福啊！
用了四元钱，我才走完全程，中途两次
记错了站点。在夜色中，在高大的树影下
我试着摸索生活的真实和隐秘的企图

在西南大学出席的一次诗歌聚会

我风尘仆仆赶往会议室
携带一副嗓子和聆听的双耳
去协助那些激情的人磨剑
顺便磨砺自己老旧的岁月

青春在哪一盏路灯下。我会遇着
怎样灵感的阶梯,或者在抑扬顿挫的
哪几行诗句间,点燃火焰
那个把爱放在回味中小心呵护的人
怎样喊出他的甜蜜

那些晃动的树木,尚未拥有一处巢穴的
小鸟,它们逍遥生长,自由飞翔
让坐在前排一个座牌后边的人
使劲儿扇动翅膀,在暗处,在困倦中
他一个人,试飞了好久

爱因斯坦

校园春色 周强伟/摄

龚会，中国散文学会会员，重庆市作家协会会员，第二届"巴山夜雨诗歌奖"三等奖得主。

龚会

在北碚,遇见余生

一

我涉江而来,在水土沱上岸
看见江水一轮一轮推动涟漪
每一轮涟漪都深情亲吻沙滩、卵石
我俯身于清波之底,捡拾一枚蒹葭图案
放进行囊,溯洄从之,在白庙子祷告
余生,我把隐逸的愿望带来,北碚

二

彼岸有花的行踪,或许是旧年的落英
我渡过一条江翻过一道梁
无论它的名字是长江还是嘉陵
或者明月山、铜锣山、楔入峡江的中梁山
在秋池的夜雨滴答声里,我靠着缙云
它们的每一条支流,毛细血管里依旧热血
每一座山头,草木都写着归去来兮
我就带着血液的温度
带着不曾熄灭的爱情,回归

三

走过的路,在身后在时光以后叫古道
遗留下的风物与感受刻进木头或是石头
放进博物馆,会经历几世风雨?
我只管行走
抬头的瞬间,柳丝柔了,玉兰开了
满大街的梧桐,生长安稳
无论是碚峡路还是辽宁路都布满老少
坐在梧桐下看天空
此时,我站在卢作孚纪念馆前,俯瞰碚石

四

我已翻越秦岭,穿过巴山
我已横渡温塘峡,照影缙云山
哦不,我是路痴,迷失了方向
你是不是在朝天门聆听南山风起
还是在金刚碑的飘零巷等待
等待我们的重逢,北碚的少年
雪染双鬓的少年,最初的灵感
是不是发源于李商隐的夜雨巴山

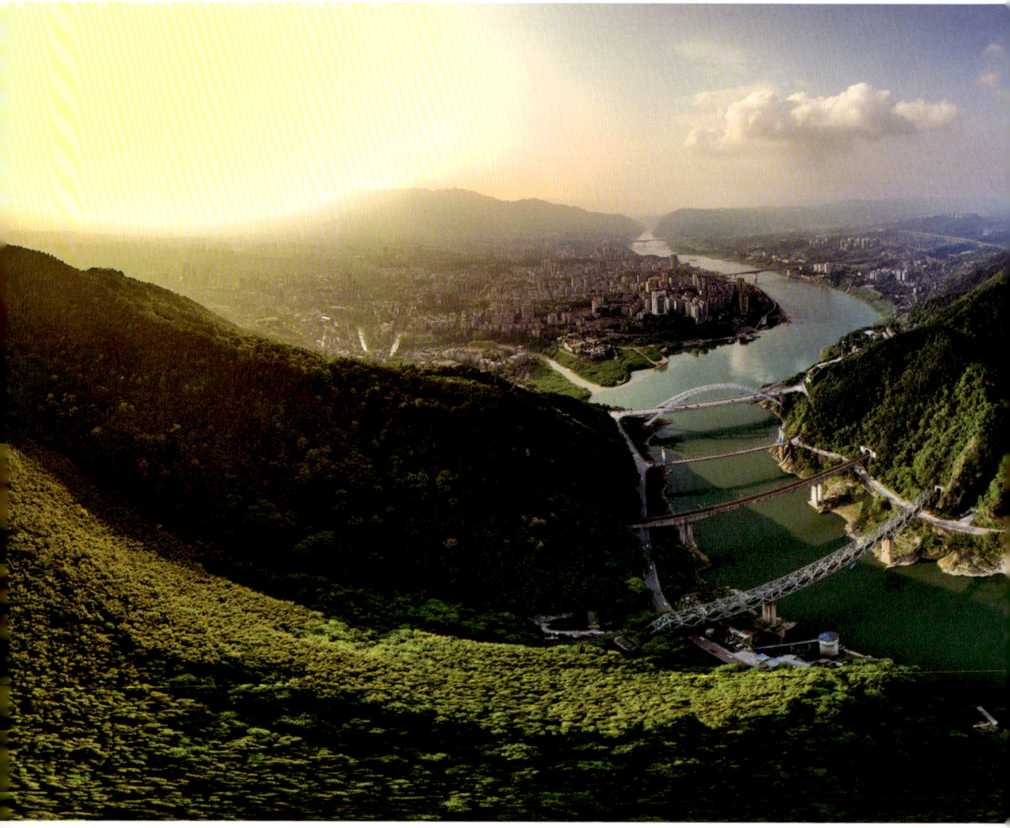

嘉陵叠翠 余梅/摄

五

拐过九十九道弯后,我又爬了九十九道坎
听说春夜李白在洛城闻笛,杜甫在锦城喜雨
我寻着歌声赶来,龙凤溪升起皎洁的月
我被春风拽到张飞古道上
在白庙子的神像前,祈愿
来吧,来听巴山夜雨,来看黛湖秋色
那样的来路,壮怀激越
可是我的脚步踉跄了,北碚接纳羁旅徒行
最后的宿营地,或许可以是暮色中的磨滩

六

妆容已凌乱,如果不是以春天为餐
我早已跌入俗世流言与利欲的深渊
清晨醒来,轮回的立夏,鸟鸣篁竹之间
我重整淡妆,以凡间个体生命的名义,出发
踏着清露,踩着古道,饮着醴泉
千山万水已过,将过,衣袂浸满赤子的孤独
赶在《诗经》荒芜之前来见你
北碚以及北碚的余生

七

将波心里淡淡云翳

以及起伏山脉间的沉郁

凝成黄昏时独步正码头的宁静

当"我"缺失"们"的连缀

嘉陵低语绕行,千万颗被水磨圆的石头

寂然无声,命不由它,它们只管保持坚硬

云投放的身影,水荡漾的弧线

覆盖它们的隐忍

恰如,用我宁静的沉默

隐忍人世间的云翳

八

生活的苦难算什么?戴着面具的虚妄者

游戏者,伪善者,薄情者

像挤压着天际与山脊的暮霭

江水依旧低语而行,我的夜空很凉

可坚韧的石头会与苦难摩擦出星光

余生的夜空会璀璨

不信,子时请抬头,仰望苍穹

再不济,背后还有千万年簇拥草木的缙云

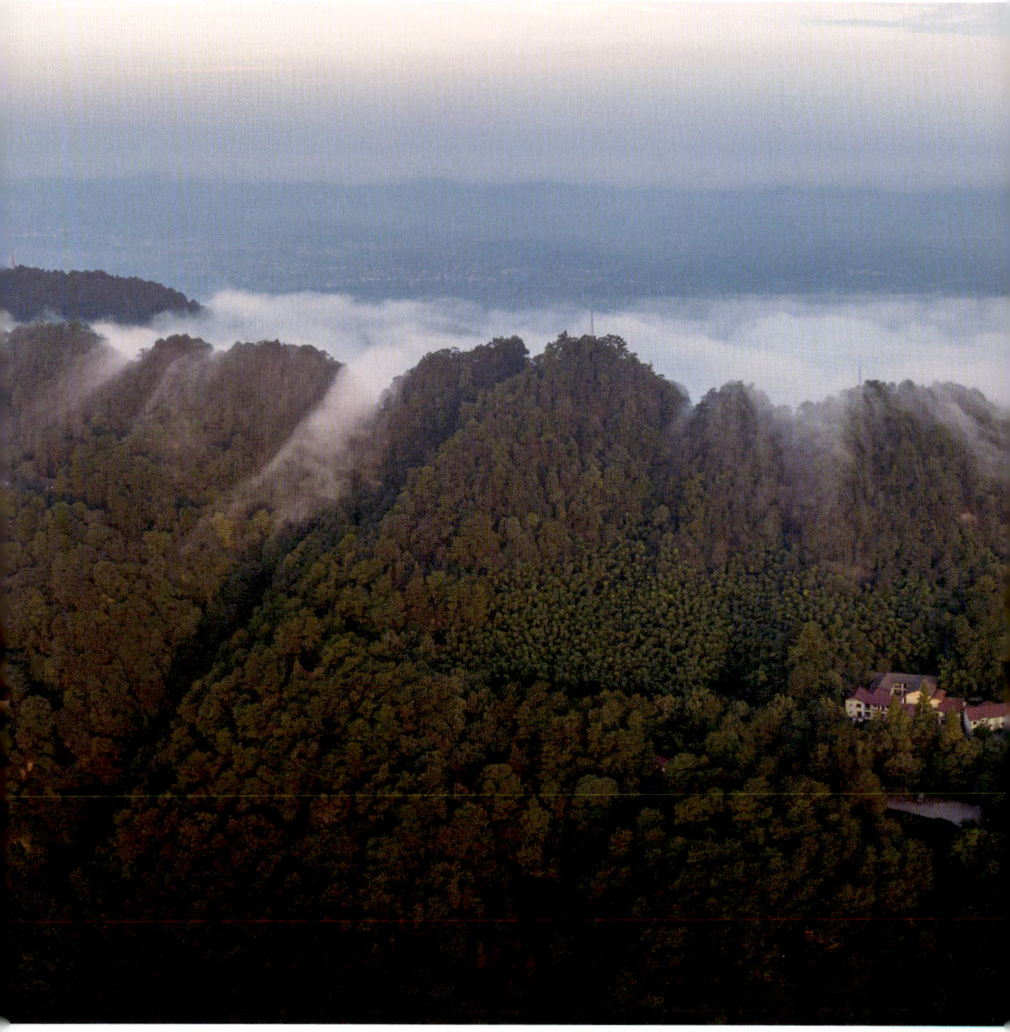

缙云九峰　李继洪/摄

公艳艳，第二届"巴山夜雨诗歌奖"三等奖得主。

公艳艳

巴山夜雨寄相思（组诗）

巴山夜雨

暗夜无声。巴山在我眼睛里

是一盏油灯的思想，一场细雨更安静于山谷

湿润着大唐的肉体。酒杯中有淡淡的忧愁

有写诗的冲动，但我卧在客栈

听雨：叫醒巴山的一滴滴夜雨，叫醒芭蕉

也叫醒未眠的人，却再也叫不醒故人

缠绵是很久以前的事，雨的天籁声响

和故人一样，还在我的脑海里徘徊

在我身体里活着，我就是你，你亦是我

我们飘荡天涯。巴蜀与江南隔离的不是心

是雨，绵长的雨线足以诠释官场之道、情场之殇

它们深埋于江湖。林海茫茫，古刹清幽

我依旧在四处奔波，把最真挚的情感埋在雨声

若你听到

会听出虫的鸣叫、麻雀的低语、木屐声声

突然流出几滴浊泪，像此刻的我

握一支笔，正一字一字地掏出绵长的惆怅

写出来的

还是那巴山的雨，填补了一场空

夜雨寄君

巴山的雨下在长安城的郊外
窗花已冷,被洗过的青山又清晰了几分
夫君,和你的容颜一样

夜色见证了太多的离合,也掩饰着相思
那雨滴声声,我能感受到,更能感受到
颠沛流离的你,感伤世间的残酷

我更恨一场疾病,让我的肉体归于尘土
夫君,和你隔一场雨,和人间隔一层薄土
但灵魂一直在等你,长安等你

我王晏媄一直活在笔下的词句中
每一个字都是我的牵挂,每一滴雨都会
落到油灯下,落到一堆尘土中

千年温泉

北温泉的泉水，荡漾在北碚的身体内

滋生出绿树花草的自然园区

隐藏在缙云山麓、嘉陵江岩壁，鸟鸣从泉水面划过

翅膀穿过曲径通幽，和竹林

撒一把舒适与宁静，只有花瓣落尽了妆容

像清澈的泉水，涤去了人间的灰尘

而此刻，阳光洒在树影上，泛起点点绿光

一团团泉水闪着温馨的光芒

一朵朵野花五颜六色舒展开放

即便升起的那一缕缕水汽，早淡去了岁月的钟声

钟声深处，是古寺的香火，木鱼的敲打

和我的聆听。我成为一首诗的执笔者：一山一江一泉

融为一体、相映成趣

我成了一幅画的汇集者：碧水、舟影、峡洞、虫鸟

用回归自然的静美画出北温泉的涟漪

落款处，不忘加一笔：这千年的温泉

只为遇见你，了却这些年的相思

李锦城，第二届"巴山夜雨诗歌奖"优秀奖得主。

李锦城

北碚回忆录（组诗）

金刀峡

金光照耀的峡谷，清幽之水降临最高庄严
大树在巨石缝中挺拔，花的泡沫倒映更蓝的天
一些鱼从溪流下跃出，一些石壁长有太阳的苔藓
我们跟随一只鸟，清脆叫声远隔百里就能听见

古藤倒挂，其上刻着潺潺流水向远方奔去的轻颤
碧玉串珠，我痴迷于此时满天星辰倾泻的梦幻
波光层层叠叠，我们尘世的自由之心离蓬莱不远
你白色衣裙让我无端低矮，仿古栈道上神灵显现

我永远在你身后，口含云朵，以一朵花的样子招手
用沉默将你高高供起，天远地清
与你同醉于一场暮秋。你不是你，我以飞泉为酒

泉水随风飘散,巍峨山崖上传来你一生遥远姿势的柔

我为你醒来一百次,并为你丢弃清澈潭水所有
葱郁林木留不住你,我不过是怔了怔
此后你再没有回头。
那些洒落地面的水珠,也将我爱的灵性带走
一晃多少年过去,金刀峡中依稀保有你年轻时候

你说石柱为何千姿百态,潺潺流水从不停留
你说塔坪寺为何依山而建,菩萨与佛相距甚远
你说你为何在两山岈合时流泪,而不等待一个少年
我随着万物起起伏伏,消逝在你消逝的那个夜晚

偏岩古镇

小河蜿蜒地绕着古镇流过,黄葛树一如当年热忱
小石梯与河滩相接,水中的我们身影愈加圆润
一只绿色小鸟站在枯枝上,不远处小山青苔遍生
它越来越像庙中佛祖,袈裟上披着落日祥云
其实生命多少如是,进入水中的人类
也将进入草木灵魂,向秋日余晖祈愿
让身体成为天空的一小部分,鱼虾蜂拥而至
落于浅浅水中,沉默成了你我此后最好的安宁

曾错过无边山野,理想在小镇的炊烟里升腾
我不记得和谁说过话,也早忘记
那个让我羞红了脸的女人
赤裸小脚是虫鸣的愉悦,我年轻的爱情终陷于黄昏
幢幢木屋重叠,小河成为眼中唯一风景

风吹田野,一块青石板造就最纯粹的丘陵

我靠近它的呼吸,并确认这里长久无一人来临

可我不敢哭泣,只能用孤苦字句将它日夜亲吻

年华那么长,迟开的花朵又怎能与天下相认

你是我一生钟爱的荆棘,是我衣衫飘逸的清晨

月色浸润我,万年台上秋风正盛。你蜷缩成一只小鸟

我伸出双手化月光园林,但我不会与你相见

只愿终老在偏岩古镇,万物在出生时就已决定天性

你知道我爱你,也知道遥遥相望才是我们最应该做的

事情

古镇清幽 明俊雄/摄

胜天湖

你没有开口,八百亩水面上漂浮着环山俊秀

走到此处,晨昏不再是天空独有

风吹散阳光的气息,果实萌动,露珠抱紧枝头

鱼儿一晃就不见了踪影,我看见属于它的温暖渴求

相比于江河广阔,一只竹筏只是一块小小石头

盖不住这悠悠碧水,亦无法追溯其上游

波光闪动,故乡在某一刻涌上来,人静山空

我们短暂地将光芒拥有。你选择一处落下

不再执着孤岛开花的先后

我仍然悲戚,忘不掉你曾亲手推开的春秋

湖的深处是一片幽静

看似合理的偏爱,其实并无任何理由

你叫什么名字,时光赠予你多少缺口

南方色彩鲜艳,一个人一生要历经多少河流

我在骤雨飞来时入水,在最狭小的地方找到所有
胜天不知天高,你的声音抱紧我
年少惆怅的大多时候。谁想选择放弃呢?
大桥横跨两岸,满湖青翠始终只作清冷游走
热泪盈眶的少年,早将你置于岁月高楼

你栖身于广袤地域,隐秘路径中没有等候
我不关心太阳是否照耀我,千年婆娑早将我浸透

厉运波，山东省作家协会会员，第二届"巴山夜雨诗歌奖"二等奖得主。

厉运波

北碚纪事（组诗）

素描：偏岩古镇

山水葱茏，状如傲慢的鸟鸣
线条小心翼翼。后来，一弯流水将古镇的年华全部
呈现出来

层层叠叠，草木一样的推心置腹。这里的屋顶和路径
有一种被月光梳妆后的喃喃自语

一旦陷入年轮，就成了艺术。如岩，偏向烟火
记忆和斑斓，投靠了内心

身边的黑水滩河，像枕过的梦境
一种陪伴，独享山水日月。门槛小心翼翼，身影抵达
民间

民舍是一个量词，数着古镇上的人和事。晒阳，沥雨
那些灰色檐瓦，刻在我身上

那古戏楼上，谁是谁沧桑的替身？
此余生，我将被一家老客栈接纳。只念小桥流水，
不提商贾云集

老街凝华，乡愁偏老。等夕阳的黄葛树，等得只剩下了
一个轮廓
后来，我如愿加冕了那个轮廓

胜天湖是一种天籁

涣散的，一朵水花，几丛青山
一匹马被谁牵过来，拴在脚边。那触碰的云朵，是
升起的湖水

天机已泄露。一种逾越，像神的衍生
波纹，霞光，水鸟……我望见的翔集，是天地
最神圣的一次日出

体内积着倒影，湖水成全了我们的幻觉。一叶小舟，
荡在瓷器上
写实的那部分，在湖面上镌刻羽毛

所有的波澜，划入天籁
胜天湖的曲调里，白云牧马。听水光入喉，一声
马嘶脱口而出

那镜面,收留了我最后的破绽。群山如梦,而从不揭穿

就像我梦见了天空,前世和白鹭一起飞向烟雨

可用一朵水花,置换苍生。可在飞掠的时候

突然挣脱出倒影

大水致幻。我能看见,一湖大水把我凌空抱起的样子

我确定,那是天意

三胜车渡 袁傲伟/摄

金刀峡观瀑记

失重的天穹和草木。崖石是隐忍的,承担命悬一线的惊呼
接下来,是一脉天光垂挂

崩溃的光。像徒手,接住盛大的虚空
一个落差,有顶天立地的喧响

一个失重的人,一直在试图搬运一座山的峰巅
突发的一个奇想,就形成了瀑布。水冲刷着光,
灵魂倾泻而下

水的意念,征服了众峰之刃。用腹语,解锁了一挂
悬天飞瀑
悬空是技艺,彩虹下载到仰望者的头颅

它的出世,放大了天穹的自由之身
它允许一道水光投下天堂。此刻纵身一跃,与一汪
水潭的境界相匹配

一个脱俗主义者的源头
逆光,逐流。从上而下,在山体上抄写一部经文

念诵降临,峡谷内都是丛生的回音。风过,似狮吼
水过,如磨刀

梁书正，中国作家协会会员，鲁迅文学院学员，第二届"巴山夜雨诗歌奖"优秀奖得主。

梁书正

北碚絮语：巴山夜雨的诗意告白

一

沿着嘉陵江柔软的臂弯，北碚和青山

一同生长、延展，向着更广阔的远方。有白云和晚霞

伸出双手，接纳一座城的灯火和福祉

我是一个远道而来的旅人，和一滴水一株草

一样。只有朴素的身躯和深情的眼睛

从一首古诗出发，裁剪千年的等待，为此

我依偎着嘉陵江水，倾听中年的雨水

那是怎样的夜雨啊？我心中的秋池有一座城的容量

而那些愁绪慢慢生长，齐到缙云山的眼眉

没有谁能诉说，仿佛谁都是知己

没有谁在倾听，仿佛谁都是知音

在北碚，我第一次与唐诗紧紧相拥

顺着嘉陵江的流动。听吧，一滴雨就是一个人

日渐深沉的中年。无数的雨滴交错，复述着

谁庸碌而潦草的一生？如果人间还有

一个值得守望的窗口，那一定在北碚的烛光中，千年

不朽

而我，该怎样拿起一把，岁月的剪刀

剪出一条江的柔情，和一座城的灯火。该怎样

才能像一滴雨皈依大地一样，皈依你眼中的烛光

而今，一座小城已经长成了，唐诗中的一个动词
在大地的纸张中，升起无边璀璨的灯火

二

借助一条小船，我可以抵达北温泉、金刀峡、胜天湖
就像一个漂泊的诗人，沿着文字的小路，慢慢走到了
一个
宽容、柔软而光明的意境。还有什么
是不可以用眼泪来表述的，嘉陵江也是我
最初的故乡。不是所有的细浪
都能组成母语。也不是所有的江风，都能变为乡音
而嘉陵江以自己温情而柔软的方式，成为一座城
永远的母亲！那清澈的江面，勾勒着缙云山蜿蜒起伏的
诗行。捧起温塘峡无限旖旎的风光，拥抱
作孚园里的万紫千红，描绘出北碚城市里
缓缓升起的，幸福和安康
一只水鸟在江面抒写，波光潋滟的诗句。浅翔的鱼儿
绘制出波光粼粼的岁月。一棵树细数时光的年轮
而圆满的落日，轻轻吻着每一寸土地
沿着一首诗歌的脉络，在北碚，我就这样
和一条江融为一体，与一座城融为一体。江水缓缓地

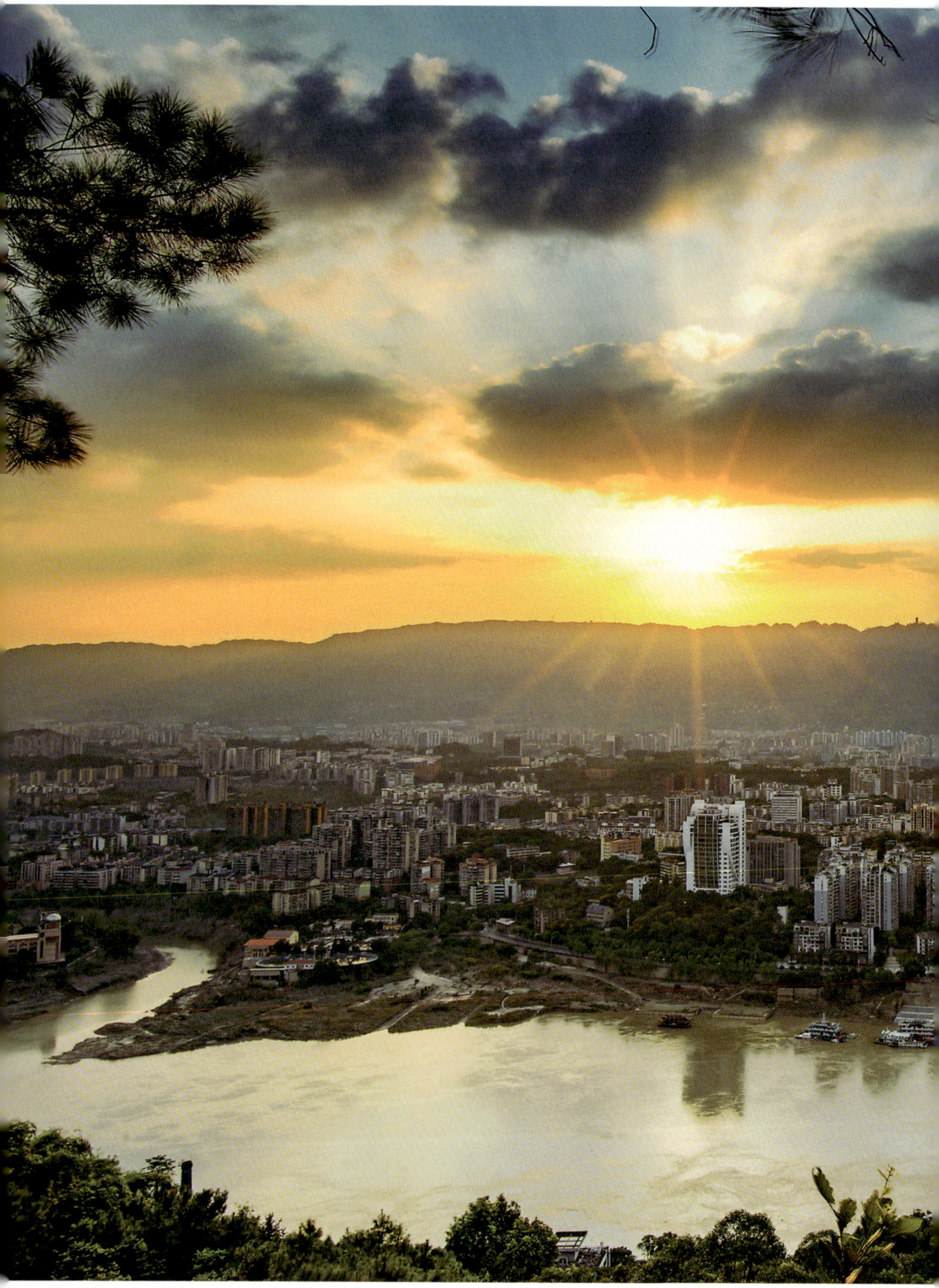

夕照磁城　颜丁 / 摄

洗净我的内心,让我像水中的那轮明月,饱满而洁净

三

从巴山夜雨往回走,我的目光只有,一城的灯火
那是岁月裁剪千年的烛光,一滴一滴地点缀在这片
厚实的土地上。我应该举起一杯酒啊
敬唐诗中的每一个词语,敬《夜雨寄北》中
一个诗人悲愤潦倒的孑然身影。我应该,和每一个字
团圆在一张桌子旁,互相倾诉这半生的沉浮和沧桑
一杯酒啊,就像一场夜雨,滴滴答答,断断续续
足够把我淋湿,足够我打捞到,一生的烛光
沿着嘉陵江漫溯,听着北碚轻柔的絮语,一盏灯的
眼睛
倾诉着温暖和柔情,江边的晚风,持续深情款款地
表白
我应该再点亮一支烛光,借此看见
一片蒸蒸日上的土地,那秀丽的山川与峡谷,蜿蜒的
河流
一草一木,一沙一石,烛光轻轻抚摸它们的面容
万物宛若进入天堂之境。我应该听一场夜雨吧
这中年的雨水,湿漉漉地走过小城夜晚灯火的阶梯

轻轻擦拭掉,一个中年人内心的尘埃和忧愁

今夜,我需要像朗诵一首古诗一样,反复地朗诵

结在这片土地上的山水诗篇,和那璀璨的万家灯火

我需要俯下身去,和一间小屋,一扇窗,一盏灯,一场夜雨

在洁白的纸张中,共同举起北碚的辽阔星空

华蓥宝顶远眺 吴祥鸿/摄

梁梓,本名梁文奇,中国诗歌学会会员,黑龙江省作家协会会员,第二届"巴山夜雨诗歌奖"一等奖得主。

梁梓

北碚的四个四重奏（组诗）

一

"瞧，灰鹨在背叛，树木在放弃
智慧在延伸。"火在山岩上静止般地燃烧
竹林像蜂拥的皮毛，谁能看出美的端倪？
九峰横亘，舍身崖悲怆；
相思岩柔情；狮子，从石头中透露目光

无论缙云山还是山缙云都一样地
增加了这一处坐标在心中的异质性
他是在定义美！
他藏有一把绝世的尺规，无论你是谁
不能不暗自喜悦并由衷敬畏

二

远山如黛，而近湖，也如黛
再近些，会发现那一片巨大的绿毡
以诸多藻类为材质，那是湖水的新衣服？
你发现："生活越来越简单，比如水
泊在堤岸，泊在瓶中，泊在内心。"

鸟鸣的银针，天然的治愈系

一下下，无论多轻，无论有多婉转
总是能找到你的暗疾、相应的穴位……
你发现上一声和下一声的空隙间
有种物质一次次浸润你的肉体与灵魂

三

还是说说缙云寺吧，这之前
你发现一片叶子是一个小虫子的道场
天空是云朵的道场，那么，凭的是什么？
一座寺能受到历代帝王封赐
叫迦叶的古佛是不是更光亮、温暖？

"缙云书院"，发光的星座，可供仰望
石照壁。照出的已非石头；石牌坊，明哲的
花冠；谦逊的八角井，每个角都向内心
晨钟是流质的铜；暮鼓有野兽奔跑的蹬音
无字碑前，不是你读它，而是它读你……

四

如同走进教科书，古老的桫椤静默地注视

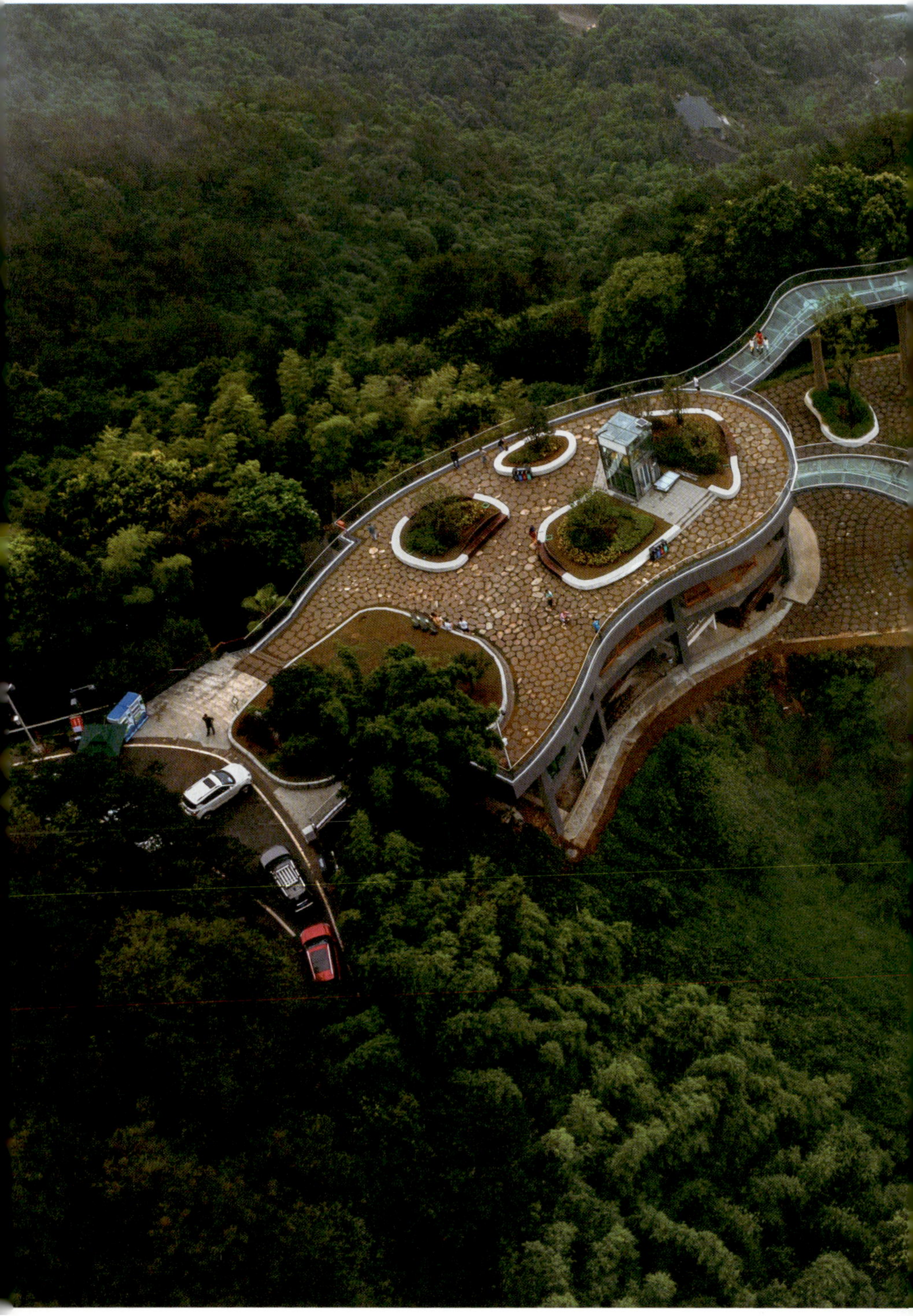

凭风看云　杨世兰 / 摄

水杉以自己的秩序区别于银杏

红豆饱满,却是一枚枚解不开的纽扣

果上长有两翅的飞蛾树……

是不是一辆树的马车?飞翔,如此从容

在玻璃廊桥,你会感觉到自身的重量

会感觉到脚踏实地……

不好高骛远、本本分分是多么坦然自若!

甚至你会想到,你已经领得了盛宠

你被一种更大的力量带到这个世界

陆承，参加第七届及第十届全国散文诗笔会、《人民文学》第五届"新浪潮"诗会，入选甘肃省优秀青年文化人才，第二届"巴山夜雨诗歌奖"三等奖得主。

陆承

北碚美学结构：在时空的谱系上雕琢巨型的风雅

一

一滴唐朝的雨，途经"无题"之国，
蝴蝶之城，杜鹃之乡，徐徐抵达故园；
一滴丰润的雨，蘸满诗意之墨，
铺陈蜀素之帖，续写《夜雨寄北》。

我索引"锦瑟"或"碧瓦"，
在语言的秩序里，建构或解析一座宫殿的辉煌或缄默，
借喻物象的丰沛，坼裂一封信札的落款和儒雅。

一滴古典的雨，逾越钓鱼城的硝烟，
俯览小三峡的险峻，在北碚雅集的册页上翩然起舞。
一滴青春的雨，激荡变脸的惊叹，
浸润火锅的酣畅，在"巴山夜雨"的碑刻上复调雅颂。

我观览"四世同堂"纪念馆的风雅，在北方的叙事里
领略典藏和恢宏，然后，借道雅舍的宁馨，
转述彼时的艰难和恬淡。一个时代的影子，拓印
新时代的光华，一本本写尽尘世和人心的大书，
显像卑微的草木、高耸的楼群和辽阔的雨雾。

二

一朵云，从缙云山走下，转述漫山遍野的思想，
怎样的风度，墨印狮子峰和香炉峰的眺望，
在苍穹的肩头，雕饰优雅的纹路或豪放的意象。

我遵从历史的圭臬，在佛光岩的侧翼
管窥风物和虔诚，于"格物"的幕布下领悟禅境，
于相思岩的臂弯，述说今生前世的眷顾，
以爱之名，穿越一座山的王朝谱系，在此刻的
遐思里，
注疏一座城的恍惚、奔忙和深邃。

一叶竹，在缙云寺修行，呈上春秋的第一粒露珠，
以饱满的比兴，共鸣温泉寺的情致，
在黛湖的碧意中，弹奏偶然的天籁或必然的
霓裳。

我誊写《心经》，在"般若"的指示下，
重新攀缘一座山的虚幻和绮丽。
在晚唐石照壁前，
观览石雕之花如何绽放，跃动的青狮和白象
宛若悬空的珠玉，熠熠生长。

我认知水杉和银杏的异同,
在北碚槭和缙云四照花的刻度中,遁入冥想,
巴山的镜像,是由词语垒砌,还是万物的拓展?

三

一条江奔涌而至,以嘉陵之盛,浸染古奥和现代,
斑驳的乐府,以兼善三绝和缙云醉鸡的协奏,
在充盈的翱翔里,抵临蜀锦的内核。

漫卷之意,以丝绸之喻,行迹澄江老街、张飞古道,
在古韵的小径上,陈述神秘和拙雅,
凝筑之堂,层级之阶,串缀典藏之韵或风华之魅,
时间之笔,篆书巨石的巍峨,渝州的厚重,
以及,一页诗卷中蕴藏的风流和臻美。

一条江回旋而去,以北碚之意,督造温润和秀丽,
青春的曲谱,在蟠扎和繁花的簇拥下,
呼应一条江的澎湃和宁静。

一个人,借神和众生的眼眸,观看复旦旧址的古朴,
回刍史料和诵读,浮现奋进和勇毅,观赏
金刚碑的笔法和意蕴,在汹涌的江水里,看到自己,

看到一座城,从未失却的品相,在滚动的浪花中
描摹和热爱一幅写意与象征交错而生的卷轴。

四

一滴抒怀的雨,在博尔赫斯的笔下停顿,
在布宜诺斯艾利斯的上空盘旋,飞向中国,飞向北碚,
在缄默的版图上,穿梭岁月的棋局,
绽放一朵隐喻的玫瑰或勇毅的豹影。

我追踪或探寻偏岩古镇的风华,在重复或新颖的
格调中,书写光阴的倒影,或人生的追问,
在绍龙观的"无为"里,感念一场修行,
山水自在,梦幻编纂,世俗的美浸透血肉。

一滴旺盛的雨,在边塞的幽兰之中丰润,
通过兰渝高铁,覆及北碚的静雅和浩瀚,
她述说自我的生涯和广袤,灵犀的光,
灌溉了一条江,或一条江之上的品鉴和阅读。

我践约一种情怀,在塔坪寺的木鱼里
检视温顺和古典,佛的音序,也是人间的次序,

顺应了滩口牌坊的建造，在命运的渡口，眺望更深的眼眸，
或年华的晶莹之态，言说形而上的空无和形而下的坚韧。

五

一把形而下的金刀，将一座峡谷劈成两半，一半是上峡，
另一半是下峡，在山野、林木的多重组合里呈现柔美和阳刚，
抑或蹉跎的印痕，以恢宏的视域交付一场精细的创制。

惊魂点题，神鹰升华。我诠释现代艺术的金刀片段，
在飞瀑的墨迹里，回环一座峡谷的殿堂之韵或江湖之貌，
独自行走，打开心灵的镜头，记录一帧帧炫彩的图景，
布局精妙，光影适当，浓稠的韵致，
辅助传承的平仄或幽然的笔记，高亢桃源的气象。

一把形而上的金刀，将一幅画分割，完美的落差或严谨的气度，
印制传奇和现实的悖论，在绵延的轨迹上

述说清幽或磅礴,意义之外的格局和表达。
弥勒欢愉,老君修炼。我剪裁金刀剪纸图,
在曼妙的山谷,对饮或歌唱,
在丰腴的勾勒中,找到自我的印证,
在苍茫的峡谷,
邂逅一点墨的追问,一把刀的喟叹。
我假想侠客的一生,
如一座峡谷的深厚和斑斓,引申荣耀和自由。

六

一眼泉,温润一座城的骨骼和沧桑,
以北碚本纪的篆书,展出典雅和在场的编织,
一滴温暖的泉水,以炙热的爱情或亘古的母性,
串联佛珠或天地之间的磅礴。

我品鉴温汤史歌,在雕琢的艺术里,交融或抒怀
巴人的浩荡,神意地浮现,以及一眼温泉的裂变
或萃取,
在荷花池的温情里,体悟青春和幸福,
以飞白提振了北碚的华光和侧翼。

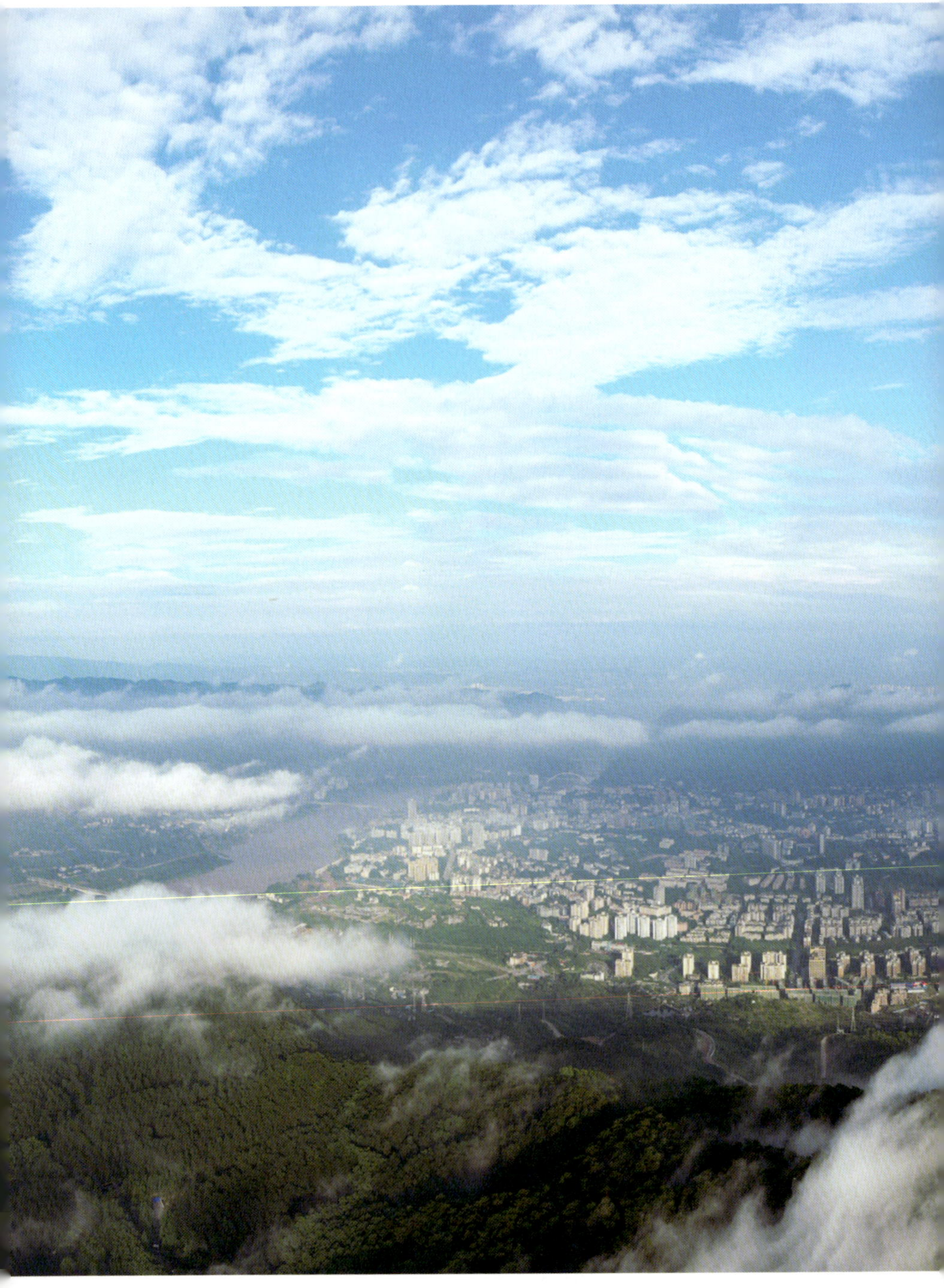

缙云迷雾 黄鑫/摄

一朵花，氤氲而生，蓬勃而盛，虚幻的雕饰
显露黄金的芳华，以跌宕的情节
策应北碚世家的浩然，命运的端倪上，
城池幽然，众人守望，日月映像希冀和大同。

我登上听雨楼，静听一滴唐朝的雨落下的回音，
默诵《夜雨寄北》的情愫，
品读一株紫薇树如何丰茂地
介入生活，在一只白鸟的羽翼上刻度或墨迹
凤凰的燃烧，抑或一座城池看见和看不见的记忆。

罗国雄,中国作家协会会员,第二届"巴山夜雨诗歌奖"三等奖得主。

罗国雄

夜雨寄北（组诗）

缙云山中听云吟

雨后清晨。循着郭沫若的《云山纪游》
拾级而上。当温泉里泡过澡的云
由北往南，在天空耸了耸肩膀
就有露水从缙云槭、北碚榕
分割的天际线间，滴落下来
透明的汁液浸进心扉，绿色的安宁
随之上升。云出岫时，肤寸而合
与竹海齐唱同一首歌的，是墨汁
在宣纸上蔓延的那幅浅绛山水

山上松翠花香，山下嘉陵碧流
动荡的液体音乐，在时间里碰上空间
在空间里碰到时间，把八大古刹烫手的历史
洗得需要一首诗安慰自己的孤独时
就从我们眼神里掏出了清澈，而我
在北碚图书馆翻拍的魏了翁榜书的
"云吟山"拓片，此刻已变成一只鹤
从庄子《逍遥游》中起飞，越朝日、香炉、
狮子、聚云、猿啸、莲花、宝塔、夕照诸峰
直上玉尖，与天空攀谈理想，跟星星订立盟约
听春风敲锣打鼓，把枝叶送进梦里的
佛光岩、相思岩、舍身崖和黛湖
让世界灵魂，获得透绿的慰藉
回到故乡再不会失意和薄情

夜雨寄北

梦里有雨

顺着刘海往下滴

先落下的一滴

只身接住另一滴

像地,接住天

没有接住的一滴

打不打合欢、梧桐、芭蕉

已不重要。一条不眠的夜路

只要活着,就还有"海棠未雨,

梨花先雪"的时间,偎着初恋

隔空相互取暖。从昔日的雨中

找出今日的火,用闪电卷尺

丈量雨坑里爱情晃动的倒影

对雨过敏的往事,瞬间散落一地

站起来几行诗,像手舞足蹈的孩子

这么多年,我南辕北辙的梦

在命运浮萍上,等丁香落下来

申遗,虚构一部英雄救美的作品

全部的雨都已凋谢,路上干干净净

撑着油纸伞的风,完成青春的断舍离

和思念的一次次对折后,朝相反的方向

走去,才能穿过梦中的雨巷

与灵魂,赤身相遇

原谅今晚的月亮

告诉我天空在飞

我和这个夜晚都不会久留

向北一闪而逝的流星

如夜胃中惆怅的米粒

如果它还有贪玩之心

或能翻手为云覆手为雨

让我身体的雨刮器

发出清脆的响声

一碗水[①]

一碗水睡着

安静是故乡的命

考验爱是否端得平稳

雨下了一夜

等船的人松了一口气

一碗水收下淅淅沥沥的雨

如领养了一大群孩子

当大地脉搏上最遥远的回澜

悬浮成海，碗中的肥沃乡愁

就还活着。如果一尾浪里白条

浮出水面换口气，梦里产的卵

[①] 一碗水：地名，位于重庆北碚区澄江镇上马台村

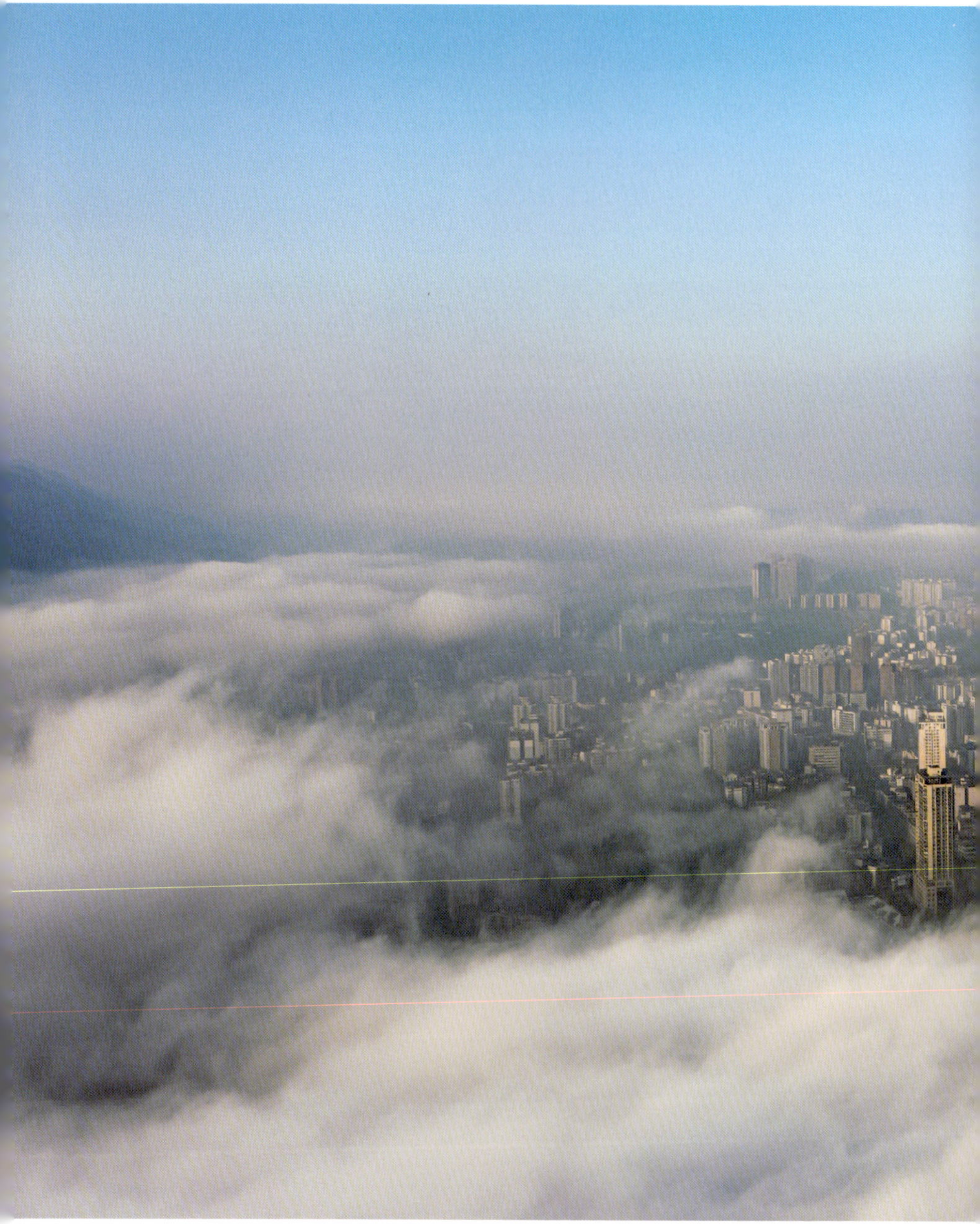

鸟瞰新北碚　黄鑫/摄

就会孵化，唤醒春天的鸟鸣

一碗水焐热了的上马台村

把缙云山和云雾山的落日

揽在她的温泉里

洗得那么干净，那么美

碗边，母亲坟上的花开了

一朵流云掉进碗里

一碗水醒了，我的青春

生米已煮成了熟饭

一碗水，熬干了

回忆的青灯下

母亲眼里的一滴泪

风怎样吹，也吹不干

如今，我端着异乡的碗

流过我身心的澄江并未衰老

却长满了皱纹。只能空想

一碗水孤独倒影的蓝天

和童年钓过的土鲫鱼

像一座岛屿的灵魂

吕进,西南大学教授,重庆市文联第一届主席,全国文学奖评委、鲁迅文学奖评委。

吕进

北碚

走进北碚,你就走出了红尘。

重庆都市迎客厅,一尘不染,

应该是仙人居住。

梧桐参天,蜡梅飘香,

巴山夜雨,缙云晓雾。

环城嘉陵江水捧明珠,

半城温泉半城树。

亲近北碚,你就打开了城市精神这本书。

古今沧桑,豪杰辈出,

还有那位北碚之父。

云海列车 谭奇成/摄

三千名流，绝代风华，
忘我奋斗，满城诗赋。
敬重人文才有百馆之盛，
负重自强才有美丽画图。

携手北碚，你就会深爱这片热土。
大鹏一日同风起，
扶摇直上九万里，
三区叠加，两城交汇，
智能世界，串珠成链，
八十万双手臂展宏图。
飞翔吧，北碚，朝着梦的高度。

罗燕廷,第二届"巴山夜雨诗歌奖"三等奖得主。

罗燕廷

在巴山，听夜雨，兼致李商隐

一

雨比我来得更早些
其实，巴山并不会因为我的到来
而有所松懈
群峰仓促，夜雨紧张，始终没有放弃
对一座空山的敲打
就像木鱼声声，一槌一槌
追打着
一个离人内心的千疮百孔

不闻回响。夜，深得没有轮廓
坐在烛影里的诗人
仿佛，枯坐在一口无边无际的水井中
一场没完没了的雨
正沿着他的指尖，缓缓流到一张纸上
诗里筑了多年的秋池
一夜之间，又涨高了一丈

整夜，你静静数着窗下
一座大自然的钟表，迟疑的滴答声
如数家珍
或许，只有一个常年漂泊的游子

才会把一场夜雨，认作
亲人的呢喃，才会把一座空山
认作千里之外的故乡

二

这场夜雨，你听过之后
很多人又接着听
一千多年了，都没有被听旧

现在轮到我听了
雨声中，那些被时光折叠起来的古道
牛马、驿站和炊烟
又重新在你笔下，那片漆黑的旷野里
慢慢展开

那时你刚好放下手中的家书
巴山的夜雨就紧了起来
而当你写下"夜雨寄北"时
黛湖，已忍不住热泪盈眶
嘉陵江干脆把心一横，调头南去
从此，不再北望……

只有你的浓愁,如同一团乱麻
至今还困在
一首七绝之中,就像眼前这场
披头散发的秋雨

那么多焦灼的眼光,那么多
情绪失控的麦穗
在等待谁的收割?

三

那一夜,除了断魂的雨
所有事物
都走在回家的路上

金刀进入峡谷,石照
返回岩壁
狮子峰的狮子,猿啸峰的猿猴
都收起了利爪和咆哮
委身熟睡于林子与山洞之中

整座巴山,整个夜晚
只有你和在不远处怒放的莲花峰

醒着

像一把伞,撑着漆黑的苍穹,像是一只

听雨的大耳

四

倘若没有雨,那个夜晚

就会黑得没有意义

一座大山就会没有内容,就只能

眼巴巴地,等着天亮

树木,群峰,崖壁,寺庙

都在倾听,这一场钻心的夜雨

万物有哀

大自然的诵经声,溢得满山都是

一些向东,一些向西

还有一些向南

但大部分的雨水,都要经过你

才能向北流去

可是故乡迢迢啊,你身上的峡谷

也越来越深

那些用尽全力才能通过你的水流

趁你笔锋一转时

在一首诗的空隙里,按住了

骨头里的回响

五

那时巴山还很年轻

还能承受得起一首七绝的忧伤

那时你已年迈

一场夜雨,就能摧毁你

苦筑多年的秋池

西窗前的老烛光

已被修剪得九成新

你写下的诗句,却还泡在水里

柔软,易碎,不可碰触

那时更深夜湿,你放下手中

几粒被捂得发烫的文字

把脸侧进窗外，无边无际的

黑暗中

贴在墙上的身影，高大而陡峭

烛光里，你忽然把一段崎岖的夜雨

递了过来

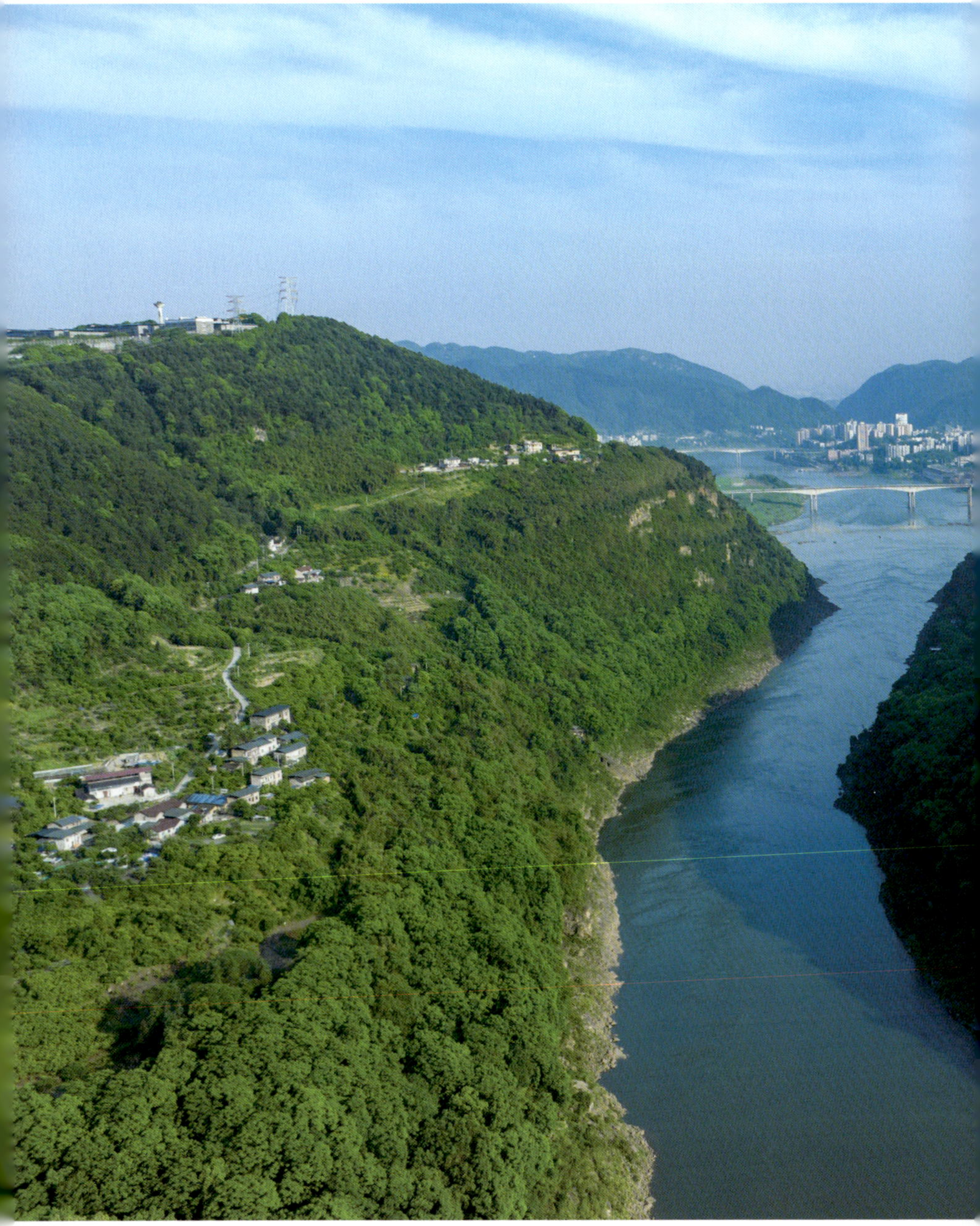

缙云新翠 陈飞胜/摄

马冬生，河南省作家协会会员，博爱县作家协会副主席，第二届"巴山夜雨诗歌奖"优秀奖得主。

马冬生

写给北碚的家书,没有一个词语不是湿的

一

不问归期,雨还在李商隐的诗里下
唐时的夜,唯有平仄与韵脚辨得清

有人正从家出发,赶赴诗和远方
有人则在回家的路上,归心似箭

巴山仍站在老地方,光阴搬不动它
缙云信笺,只招安湿漉漉的乡愁

北碚窗下,妈妈已习惯了一个人的烛光
秋池水涨,我知道是什么漫过了夜色

二

绕着北碚城,嘉陵江的水从不走拐路
北碚的孩子,有着北碚的方言与基因

山涧的水入我诗里,江水流进我梦里
我的相思可以决堤,但绝不干涸断流

嘉陵江水一直是按照初心的叮嘱流着

我掀起的涟漪或者波澜,只给我的北碚

伸入嘉陵江中的巨石,像谁的胎记
我的心花,只按照爹亲娘亲的模样怒放

三

六分丘陵、三分山地、一分平坝
我的北碚,每一分里都有我的呼吸与风骨

无论在哪里,我身上都带着它的泥土味
我把看到的鸟群,都认作是缙云山的

缙云山,是我的北碚最伟岸的靠山
缙云山的夜,包容了我的梦话连篇

仰望过的月亮,有着黛湖拓下的吻痕
写给北碚的家书,没有一个词语不是湿的

四

北碚,我为什么反复写到巴山夜雨
我为什么总说我的梦想和狮子峰一样高

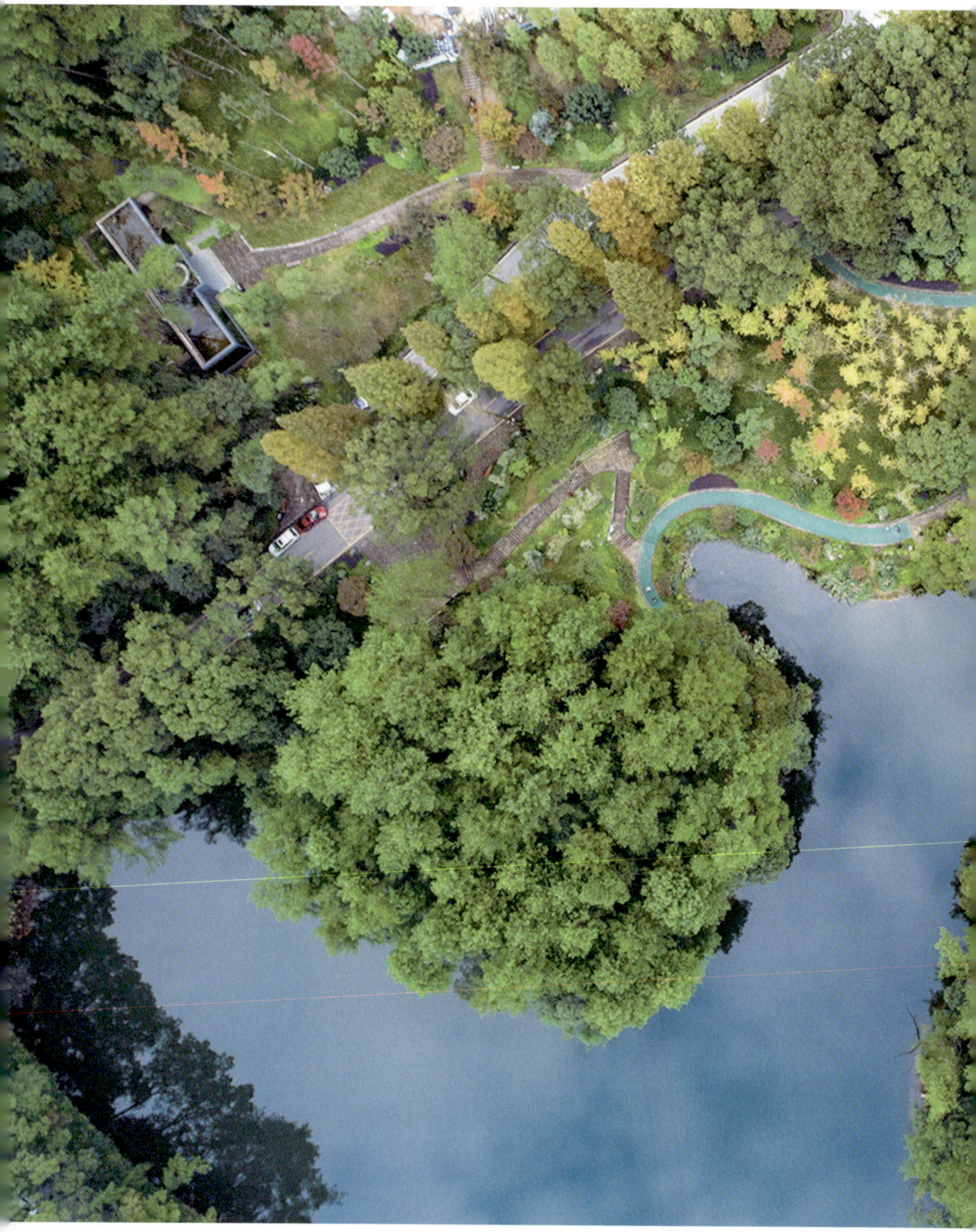

黛湖秋韵　陈飞胜／摄

黛湖、八角井、温泉，我的身上都有
什么也不能晒干我对北碚浸湿的乡愁

今生，我还将错认多少山峦为缙云山
我还将错认多少流水为嘉陵江水

关于故乡，与回来过多少次没有关系
北碚，珍藏我的胎衣，也请签收我的叶落归根

梅苔儿,第二届"巴山夜雨诗歌奖"优秀奖得主。

梅苔儿

北碚风物图志(组诗)

谷粮食画

无论叫它谷艺、米画,还是"百米图"
凡此种种,都是一种至高的献礼
无论是山水、人物、花鸟、卡通、抽象画
都是把内心淳美重新给予粮食
让线条、光辉把丰登的信息再次传递

试想,哪一种墨色或水彩能与之比拟
粮食,凝结着阳光、雨露和汗水
沟通天、地、人唯一的心意和途径
大豆的赤金、稻米的碎银、苏子的芬芳
以及麦子隐忍的芒刺

你看见画师在动用牙签、美工刀、胶水
这不仅仅是简单的拼凑
被处理好的籽粒,带着画师的虔诚
希冀与祝福:它们的布置合乎一张样图
而样图的勾勒合乎巴山谷底人家
袅袅升起的炊烟弧线

为此,你不能不说一幅粮食画

比一幅水墨更具神韵

你不能不说它透露的神韵

高于宫商角徵羽

你不能不说这从谷物里取出的巴赫

是天籁中的天籁

是九月北碚的小写意,是巴山民谣的素面修辞

是夜雨绵绵温柔至善的归期

归期篇

我又一次误了归期
耽于这场从唐朝下过来的雨
于我,有醍醐灌顶的启示

是夜。义山先生案几上砚台墨汁满溢,笔管滴水
蝇头小楷在宣纸上假寐。没谁能洞见
一首七律明净的修辞,会化成魔怔众人的雨雾
而千年,仿佛不过是时间留白的小漩涡

抚琴、对弈、酬唱、共酌
我把谙熟的高山流水搬迁至此地
这时候,暮色霭霭。天空低垂
在心无旁骛绸缪今夜的雨

我将自己从命运的螺旋择出来
交给幅员辽阔的巴山。巴山即故乡

如果此时有人唤我的乳名,声音回旋。回旋
最后必落于黛湖、香炉峰、石照壁
或者相思寺一级级的台阶。那是乡愁的注脚
均已臻化境,随雨潜入夜

多少次,我紧抱夜雨过滤后的孤独

小菜园、野菊花、蜂箱。我一度小心避开雨声

听厢房里外祖母一阵阵秋燥干咳

除此,其余湿漉漉的事物。我无法深爱

缙云山

"用镶嵌每个诗节的雕塑般的结构;
学习明亮的草地如何不设防御
应对白鹭尖利的提问和夜的回答。"

我进入其中,便是它迷人章节的一个词汇
一座山它就像是一座钟表……
有条不紊地分配着它的时间和善意

栈道深深邀约
它把自己浮在半山腰,像一个过渡段
而事实上,我们一直在走,或明里或暗里
用肉体,或灵魂。而此刻在半空
体会着肉体的重量和灵魂轻的丰饶
感到自己像是一个游码
而这偌大的缙云山啊,是一架迷人的天平

当山峰彼此对仗,当河流彼此互文
我又和什么相对应?
黛湖是山石开出来不再凋零的花
我闻到它的芬芳与苦涩
缙云寺,以钟声的飞鸟寻找人心的树林
那些干干净净的祈祷。像满地绵密的松针
它们已不再隶属于树木,单独存在着

我一直相信,山脉引领文脉和人脉
就如这缙云山。空中的火焰,大地的基石
这种相聚是缘,更是缙云山的神性所弥漫
所灿烂的过往与未来。甚至,你继续深入

你会在很多个某一刻消失
因为你在专注于鸟鸣的提问,泉水的应答

剪烛记

夜雨正试图把我引入巴山
更深更寂静的黑、暗

西窗烛。唐诗里的灯火,正值妙龄
长着柳枝细腰、杜鹃面庞、庄生蝶翅
点燃,满室辉耀。烛台暂不见一丝灰烬
我喜见那些暗物质
纷纷褪去黑鸦的翎羽。通体明亮

而这晚,李商隐的烛火已经燃烧过半
他用右手写诗,左手剪去多余的烛芯
一个人的旅途,是左右互搏的游戏
是盯着墙上,看自己旁逸斜出于人间的影子
一直飘忽不定,越拉越长

想象在野的萤火之辉

能照彻苍穹和群峰,亦可照亮草木与微尘

想象在朝之灯光晃动,我效法古人

给增生的火焰赠予剪刀。给白纸

匹配诗歌苍凉或滚烫的命运

我剪下巴山陡峭的曲线,夜雨绵绵的银丝

剪下白鱼石的慧根,温泉的活源

只为了让一首旧唐诗,再度容光焕发

而我剪它们的时候

有一种更大的力量在剪我……

仿佛一生就为了生命中某一段高光部分

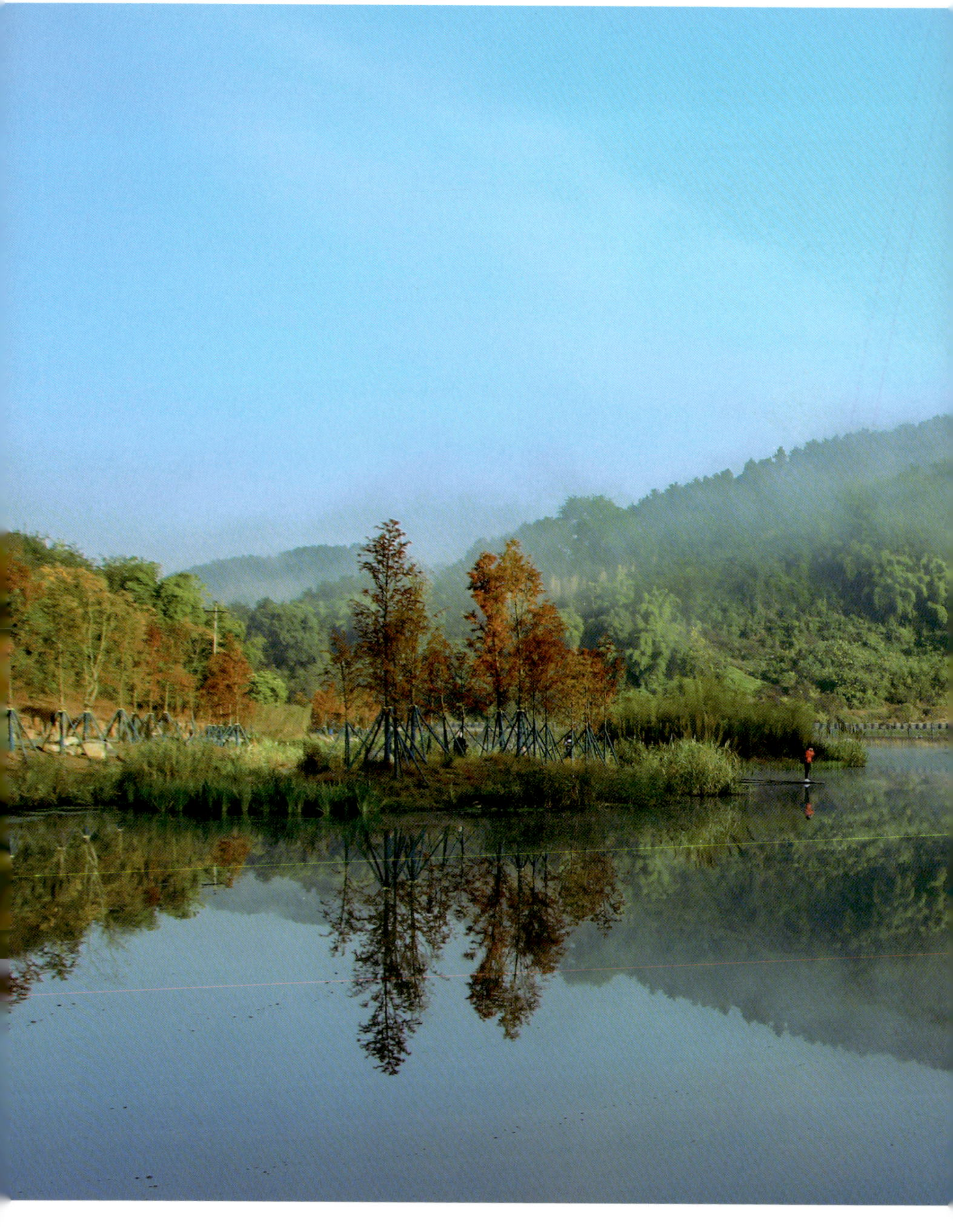

美丽乡村　刘驰/摄

潘昌操,一级警督,重庆市作家协会会员,重庆新诗协会理事,南岸区作家协会常务理事,第二届"巴山夜雨诗歌奖"优秀奖得主。

潘昌操

缙云山

在一只虫子眼里,缙云山
是一片叶子的背面,脉络还这样清晰

在一只秋蝉眼里,缙云山
是一段回归的路程,从低处到高处
从高处到低处,声音响着响着就消失

像你南来又北往的足迹

在一只飞鸟眼里,缙云山
是眼睛里飞出的一粒种子
春天发的芽一个夏天就会遮天蔽日

在一只无人机眼里,缙云山
是小小地球的一个缩影
碧色浪涛卷起凡·高画里的向日葵

一个秋夜又丰收灿烂星汉
你没有翅膀,在你眼里缙云山
是狮子峰下农家院里的一张摇椅
风一吹,摇着,摇着,童年就进入梦

夜游北碚嘉陵风情步行街记

我可以担保这条街不是天街

因为我们不是来自银河

每一盏灯光亮过了天上的星光

蒋登科教授领路

从一个巨鼎开始到一栋大楼结束

沿着轴心每一棵桂花树挂满夜幕

绚丽色彩一路相伴，分不清

林立的是酒店还是昼夜不闭的商场

人流川流不息

仿佛嘉陵江的水从未停息脚步

街，怎样会少了街舞

两个少年每一次停顿和连续

都吸引缙云片刻停留

没有院墙，两块院坝分不开内外距离

巴山夜雨涨满一泓清澈湖水

是汗水挖出来的柳树倒影

三个伟人目视远方

也目视脚下两艘载满歌舞的方舟

街边小号无法吹出歌舞升平

吹出的是冬天里淡淡的清风

长桥卧波，眼睑里藏着眼珠

好似轴心里包藏着民心

这是教授话里的双眼皮，顾盼生辉

我怎样能走进你的明眸

直把碚城当江南新城

相机的眼睛留下了那幸福时刻

我们紧紧相偎在你的怀里

天街，我们真的来过

芸香谷里满是诗句

走进一个芳香谷里

耳朵里还有《橘颂》的回音

每一棵橘子树仰眉弯腰似在吟诵诗

啊,"后皇嘉树,橘徕服兮"

他们坚守在一千八百亩土地上

从春到冬把根扎得这么深

由青到黄,丢失一代代的青春

每一个金黄的果子

就是一颗带汗滴的文字

每一棵永葆青葱的树捧出金灿灿的诗句

谁会想到在缙云的谷底

带着香甜的诗啊

双手送出去的"红美人""白美人"

入口入心

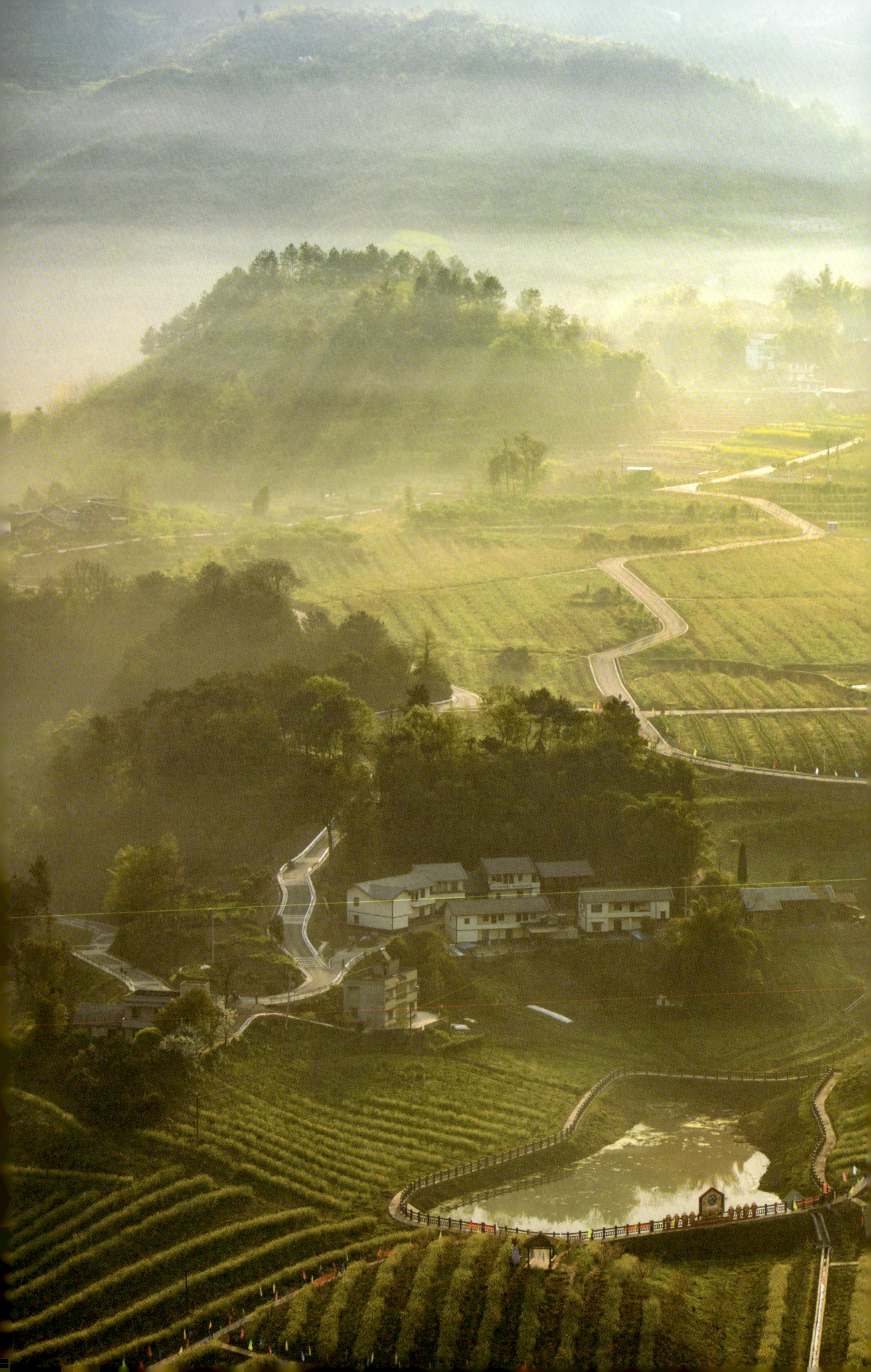

希望的田野上　吴祥鸿/摄

金刀峡

刀不见了

一条狭长伤口还在

索道伸出长长的手

想丈量它的深度

风以翅膀慢慢俯冲

把心悸的高度留给半空

偶尔经过的浮云

七月,在伤口边沿行走

撒一把把盐

想看看峡和岭分离后

伤痛的程度

那高处的泪水飞下后的痛苦

进一个洞,出一个洞

谁会将亿万年的忧愁和执着

深锁,允许铁皮舟这把钥匙探索

从北向南,一路向下

可攀壁,可溪降而走

低处之后永远是低处

仿佛忧伤的心情永远没有尽头

人生绕一个圈,再回首

原来只有流水才有捷径可走

而峡,拿着断水和云的刀

冷眼站在最高处

初心——给晏阳初博士

白墙黑瓦,绿水和青山

一座山,一座城

橘香里散发书香

梦想之水

荡漾在小四合院的外边

如甜橘压弯了透明空气

雏燕从巴中出发

又从万里之遥飞回

贫、愚、弱、私

四个字四种病

最初的苦痛

又手术刀一样彻底地想根除

一种药物适用于贫民

教育和改造

融合,另一种人生哲理

为草木而奔走

劳燕奔波终归沉沦

汉白玉般的赤子

安详坐于碚城乡村的太师椅上,邻里的慈祥

我要在泛黄的黑白照里

发现你和爱因斯坦站在一起

一种理论仿佛掌声经久不息

而无法从你梦里走出的振兴

正春笋般蓬勃生长

病恙像脱去的破长衫

火之所以是火

黑夜和纸无法将其包住

东升梯田　王翠莲/摄

秦俭，重庆市北碚区作家协会会员，西南大学出版社副编审。

秦俭

静观蜡梅

是谁把相思的珠泪

冻成温润的蜡颗

串在树梢

是谁把十五的圆月

酿成醇冽的花蜜

盛满枝头

你思念的暗香

漫散如雾

悄悄浸透

我每一寸肌肤

绾　一缕幽思在腕

饮　一盏芬馥清甘

为几许

疏影横斜水清浅的绰约

沉醉一场

撷　一缕素心如简

静观

你额间的一点娇黄

慢慢将时光染香

静观秋色 谭远碧／摄

唐水，第二届"巴山夜雨诗歌奖"三等奖得主。

唐水

一个异乡人的诗歌地图（组诗）

金刚碑镇

妈妈，断电的山谷是你一个人的，
谷底的夜，你的烛光是唯一的钥匙。

空空的瓦屋，如脱掉的旧衫。
遗落小溪的捣衣石，是你一个人的。

菜园子里锋利的锄头，疯长的草，
是你一个人的，野火是你一个人的。

梦被咬出一个缺口，月走过来。
触探清晨的翅膀，是你一个人的。

没完没了的雨，是你一个人的。
两只湿透的绣花鞋，停在青苔的屋檐。

学校、工厂、邮局是你一个人的，
写好的信，塞在没有出发的行李箱。

路是你一个人缓慢的结尾，
心里栽种的石块，你一个人捡拾。

山体没有运走的煤，是你一个人的。
搁浅的船，你没有摇橹的艄公。

缙云山

一棵竹

站在它自认为舒适的晴天

学习云朵

修炼出一双翅膀

一只白鹭

站在它自认为舒适的枝杈

用喙梳洗秋

用黑眼珠

深锁一城楼宇

一个人

站在他自认为舒适的高处

心事问仙

朝朝暮暮的人间

雅 舍

忘了说出的就不必说出

词语疯狂地变质

我们轻松地喝掉杯中的云

把体内的结石彻底洗刷一遍

夜在熄灭灯盏

把伟大的浩瀚还给五谷杂粮的体温

我们的语法无人能懂

我们的嘶吼等待坏掉的耳朵

我们站立原地

相信太阳总会出来

找遍所有的角落照射我们

我们紧紧相拥

看着人们被黑夜追着拼命奔跑

缙云寺

数世的愿力，成就

今生的抵达？甚至停留时刻

也注定分明

关于过去，一级级攀爬

山路弯绕，是为了

渺小地在

无量脚下，为了遐想

极乐世界。一个游客

把尘世关停，焚香

按程式跪下来

并匆匆缴纳赎罪的肉身

低姿的虔诚

有一种祈求的刻意

迂回，为了找到下山的门

请原谅：

他的心驻扎在别处

此身更需要磕绊的长途

舍弃游冶的心

甘愿做一个痴沙弥

经书的折叠里

立地捕捉清凉风的富足

嘉陵江

要做就做一条任性的河流

奔腾的花蕾在岩石间迂回

如果暂时不能流淌,就用静止涵养湖光

捕获一朵朵自赏的游云

跳崖是一种告别回溯的思考方式

进入中年的森林,有压弯草尖的宝石

等待收集,有饱满的果实

等待运往东方,麋鹿蹬着漂亮的后腿

谨慎地拒绝流水提供的方向

偶尔有风调雨顺,写入庄稼的记忆

暴雨,用洪水塑造城市的精神

一条任性的河流,它的愿望

注定不是海洋。它宁愿勇敢地焦渴而死

在沙里埋下最后一滴灌溉绿洲的心

禅意 安瑞琦/摄

万世长,陕西省作家协会会员,第二届"巴山夜雨诗歌奖"优秀奖得主。

万世长

北碚的两种时光

一封信就可以抵达,在北碚,不断上扬的青枝藏着
乐器
有北温泉生养着怀中之物,有小三峡
高分贝的天空,有水组合着云朵,木杜鹃是翅膀和
羽毛。在与水互动的辽阔清晨
柳荫从阳光编织写意。一封信托运流水
有蓝色的琴声被炊烟出售

我看见更亲密的爱抚,在细雨之上流动
胜天湖拥抱着草木的丰盈版图
都是新时代范围之内的
阳光和欢笑。所有绿植拔节的幸福感
在荷花池,云彩和灯火结伴前行
嘉陵江截取笑容,群山收藏着百鸟的歌声
是建设小康生活的缩影

在北碚,葱茏的林间色泽亲切
每一枚绿叶都倾注阳光的浓墨重彩
我闻到最甜蜜的果汁,够一条江用一生的光阴诵读
花朵翻晒镜头,阳光完整
在河谷笔直的目光里,紫色土用心灵触摸
比喻一个人贴上爱情的引号

那是古韵伸缩自如的春色，附带明清的温柔

那是田园追赶着夕阳，又绕过黛河和狮子峰的脚踝

降落在四照花沸腾的肺腑里

将收集每棵青草的牙印，以绝句的身影

当兰花和流云交换了地址

此时的北碚，更像被一群蜜蜂盯紧

有一万里的晴空，牧养四季的细节和高度

都是密花树的谜语散发的光芒，适合深藏翠绿的鸟鸣

有水杉手拉手丰富的情感

在嘉陵江两岸，在南齐的细雨里凝视

金刀峡瀑布　李继洪/摄

王瑶宇，首届"巴山夜雨诗歌奖"三等奖获得者，第二届"巴山夜雨诗歌奖"三等奖得主。

王瑶宇

北碚行吟录（组诗）

为偏岩古镇的古韵而歌

古镇的格局，像一把晨光里的椅子或者容器

将匠心与经络饲养在那里

同时还有闲散的茶香，和游客发出的

彩陶一般迷人的笑声

这些诗意的脸庞，提供了一些令人遐想的角度

像片片桃花，层层堆叠

渐渐堆积在无尽的瓦楞与屋檐

以及大好天气的素描之中

于是我的血液在古镇获得了温暖

仿佛头顶急速飞行的鸟类

永远弥留在天际。仿佛我是一只姿态敞开的风筝

飞得很高，且能够

被神秘之手稳稳地拽着

所以，我的骨头在此获得了幸福

与现在相拥的幸福

诗书与梦交织在一起的幸福

心境如云如烟的幸福

还能够向眼前的场景说些什么呢？

无言。感动。当钟表提着它的灯笼继续前行

酒杯便是春风，河流便是古人

为缙云山上的夜空而歌

缙云山顶的星象,天神的一只碗,装不下
因流溢而无限旋转
宇宙驾驭着它的马匹和鱼儿
那是这样的一个北碚之夜
婉约深邃。月亮刚刚出水。星星被定义为
崭新的音符,温润的笛孔

天空由此产生了另一种模式
被树木、岩石组成的臂弯举起,就像
坚如铸铁的根茎举起繁茂的伞状树冠
风携带着隐喻和布匹
吹拂着。风声携带着人性的敦厚与
缓慢,以及一只只潮湿的耳朵

交叉的万物,就在这样的夜空下
获得了平行的秩序
我的心跳也是如此
拥有平静之中的波澜,波澜之中的平静

为金刀峡的风骨而歌

畅饮着薄荷味儿的空气

但我肉身沉淀的石块,并不能搭建成

金刀峡的石阶

直到一垄垄碧绿

用横斜的绿意支撑我的眼皮,我的脚掌

才长出几根轻盈的羽毛

可以行经的地方实在是险峻

似有几分仙气,涤荡

峡中侠客的生平。作为凡夫,有时

我必须成为一个顿号或者逗号

以时间里的修行来度己。

然后继续前行,脚掌才能长出更多的羽毛。

缙云新农家　李继洪/摄

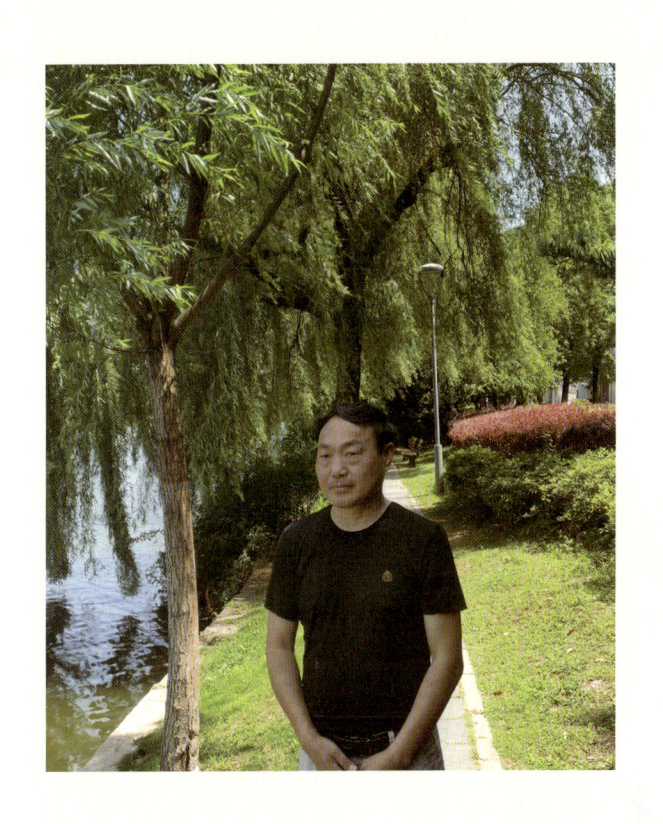

王征桦,中国作家协会会员,池州市作家协会副主席,贵池区作家协会主席,第二届"巴山夜雨诗歌奖"三等奖得主。

王征桦

缙云山笔记（组诗）

寻隐者不遇

进山的台阶是腼腆的，像做错事的童子，等主人责罚
我递给缙云山的通行证，仅仅是一首短诗
放不放行，都有流水在指引
这一次，我要在云霞里寻找隐者，
却没有提防而在故事和传说中迷了路途

柴门不开，残棋犹在，找寻的脚步止于一棵古松
我忽然明白，在这里需要忘掉时光的意义
对于缙云山，慢，代表着唯一
从此，入乡随俗的我，迅速和山融为一体
小雨就像删除键，世间俗事被一步步删除

香炉峰的香烟升起时，九个山峰开始旋转
那棵古松始终不动，它抖了一下枝上的松果说
你要寻的人，曾经都来过
王维、杜甫、李商隐、周敦颐、冯时行、张鹏翮
那时我惯于用松果当眼，目送过他们进入明灭的烟霞

古松安静地向四周伸开枝丫，我看见我的双眼
附着于早已成为隐喻的松果之上。
这样也好，在高处，
便于用目光平摊开富饶的北碚，
便于把经卷交给白云竹海，把丰沛交给嘉陵江
便于把缙云山的骄傲，交给母亲

在缙云山听鸟鸣

黛湖是鸟鸣的来处

早晨湖还没有醒来,就让鸟鸣在梦中缚住

之后,鸟鸣还缚住了青山和我的幻想

实际上,那些鸟鸣是一根根金线

它们在整个上午,一直不停地织啊绣啊

它们把婉约的散句绣上了秋天的枝头

此时,婉约携手绮媚,鸟鸣声中走向宋词的深处

我也深陷于其中,怎样挣扎也出不来了

但我更愿意沦陷于缙云山的鸟鸣,沦陷于缓慢的民谣

沦陷于巴蜀的方言和曲调

鸟鸣声中,织绣铺向大地。啊,缤纷的色彩

因为鸟鸣,你的到来才如同预言般精确

你难道就是它们一夜间织就的画图?

请对我说出你的来处,请对我说出

鲜艳织绣展开的那一刻

缙云山的悲欣交集和我藏于心底的念想

忆巴山夜雨

天色向晚,浓雾掩住了霞云
笔墨刚从行囊中醒来,夜色就收拢去大好河山
此刻的缙云山,困于凡尘
我循着一首诗的指引
来到北碚时,是它正欲夜雨的时候

我在山中独居数晚,黛湖的水渐渐盈满
夜雨寄北的心情,早就涨了秋池
而雨,并不是唯一安慰我的事物
只有夜、山、雨在一起,才能成为游子的代名词
但我不能总是让我的山居笔记
时时蹦出一个水淋淋的动词。我有住下来的权利
我要在唐诗里,慢慢地安抚它的即兴

懵懂少年时,我打算用一生时间追赶词语
如今,我留居缙云山的念头如雨后蘑菇次第生出
友人问:是雨留,还是山留?
我弯腰拭拭芒鞋上初生的青苔,算是给了他回答
其实我是在等待巴山的夜雨
从一千年前的诗页中,再一次递给我清凉

山中才数日，人就老了，老到去剪西窗之烛中的记忆
虽然你们也许不再是我的友人
但我愿意把缙云山的情怀，全都给你们
把我的小孤独，也给你们
巴山之雨，织成了无数根竖立在天地之间的琴弦
这么多年，始终在我的心中弹奏

石头记,兼致李商隐

你注意到夜雨和秋池,却没有注意到石头
当秋天把色彩的魔方转到最绚丽多彩的一面时
只有石头不为所动。缙云山的石头沉默
它的沉默是如此陡峭和久远
整个下午,我和它们似乎只能潜在地交换语词

在缙云山,我曾经多次寻觅石头的目光
观金刀峡、舍身崖、相思岩,看石照壁、石牌坊和石刻
寻觅唐宋时的孤独和快乐
寻觅蛰伏于虚无却又能打动人心的箴言
我抚摸过山中的每一块石头,而它始终没有交出答案

我坐在一块石头上,也许前朝的诗人

也在这里坐过,他们还不小心散落了一地书简

我不能忍受他们全都离去

留下我守护着这石上时有时无的余温

你不要怪我,有时我恨不得站立在聚云峰上

扔出一块石头,打落几片慢行的云朵

缙云寺的钟声响了,在山坡上打坐的石头

谢绝了野菊花的眷恋

而在朝日峰顶,聆听风吟的石头

恰巧有了适合的位置,向地平线上的太阳眺望

先生,今天,它们都领受过缙云山的露水,还有

你诗中的秋雨

大地长歌 李继祥/摄

吴小虫，中国作家协会会员，巴金文学院签约作家，曾参加《诗刊》社第 36 届青春诗会，第二届"巴山夜雨诗歌奖"三等奖得主。

吴小虫

缙云山下（组诗）

北碚

人生的重要节点，或许是听了
风的消息让生命觉醒
出黄河、翻秦岭、入长江
我的朋友安平在火车站接我
北碚——教你喊任何人为"老师"
请你吃"小面"，二两或三两
那时候我还是个来自山西的
瓜娃子在西南大学里落脚哈戳戳
热，出去就全身打湿了
第一次吃麻辣火锅，嘴巴着火
眼泪流个不停顺便把伤痛委屈抹去
清凉的是傍晚超市空调
吃过饭的老人孩子在台阶上闲坐
清凉的是皮肤白皙小腿肚子健壮
本地美女从坡坎上迅捷走下来
卢作孚纪念馆就在附近
梁实秋老舍的故居还没去过
再往远看，嘉陵江环绕
缙云山上的宝塔矗立
并不知道，我要从这座小城开启
另一个自己沿着命运的轨迹
开膛破肚捧出真心

正码头,一幅傍晚江景
——给 Q

然而这种爱是克制的,活着就是激情

它水面下的想念、呼吸

有时在远处,在行走的车轮

将自己锻造成一枚无名指上的戒

悲观?雾再次弥漫了

以至你不得不承认机械的船舶

钢筋混凝土的大桥,构成了完整世界

是温暖的,紧紧抓住……

取火书吧

天生路 147 号,取火书吧
青年学子和文艺青年打卡地
各种各样的泡沫,我们用诗摩擦石头

刘东灵来了,他要在这里开朗诵会
求精中学的语文老师韩甫主持
步子、文杰、词发……还有灿
那会儿她还没有男朋友
我们几个摩拳擦掌跃跃欲试
曾兮也在其中,假小子真愤青
她听大家聊起小虫
深夜给他打电话谈《本心录》
老板左佐是陇西人,为了爱情
从江苏辞职跑到重庆

头发茂密精力充沛,吃火锅
也不忘讨论米沃什和博尔赫斯

对某诗人的近作七嘴八舌
最疯狂的一次，凌晨2时许
一伙人带着醉意去爬缙云山
黑黢黢的山路上，自己就是灯盏
照亮彼此和青春

后来忙于生活，推着各自的石头
有过这种水中沉浸
内心的火焰还在燃烧

在卢作孚纪念馆

娶妻生子，以喂养农业文明之我？
先把自己打扮起来，淑女绅士起来
日渐发福的肚腩凝视嘉陵江畔

看着先生画像，想起母亲说的
我比别人多长了一个犄角
哎呀，双手捂脸，主动撅起臀部

拿戒尺的人高歌："今日痛饮庆功酒！"
举起一杯白开水
我看见自己还长有一条粗尾巴

拂着夜的灰尘

老舍故居门外,读其《端午》诗

我们还在重庆,烽火硝烟的日子

而他们在他们的时空

6月18,端午时节,一个人独居

没什么灵感,站起来又坐下

风狂雨狂,路边玩耍的孩子衣不蔽体

吴组缃到访寒舍,身披蓑笠

满脚的泥浆带着情深,请我去家里过节

也不顾桌上未完的小说章节

一起踏进这满是泥泞的道路

原来也伴有田地整齐,视野高阔

一条清澈溪水曲折流淌

翠竹像卫士一样守护在岸边

如果不是雨天,在道旁的密林里

一群群的白鹭飞起,刹那间我的心

也跟着飞起去救护困苦之人

舒姓庆春,庆祝春天的大地复苏

字舍予,舍弃自己给予

但给予我的永是朋友们,视我为手足

组缃最近养了一只小花猪

每次去,我必然向它鞠躬致敬

一次花猪生病了,吴太太的脸色红白

交替,组缃也不自在

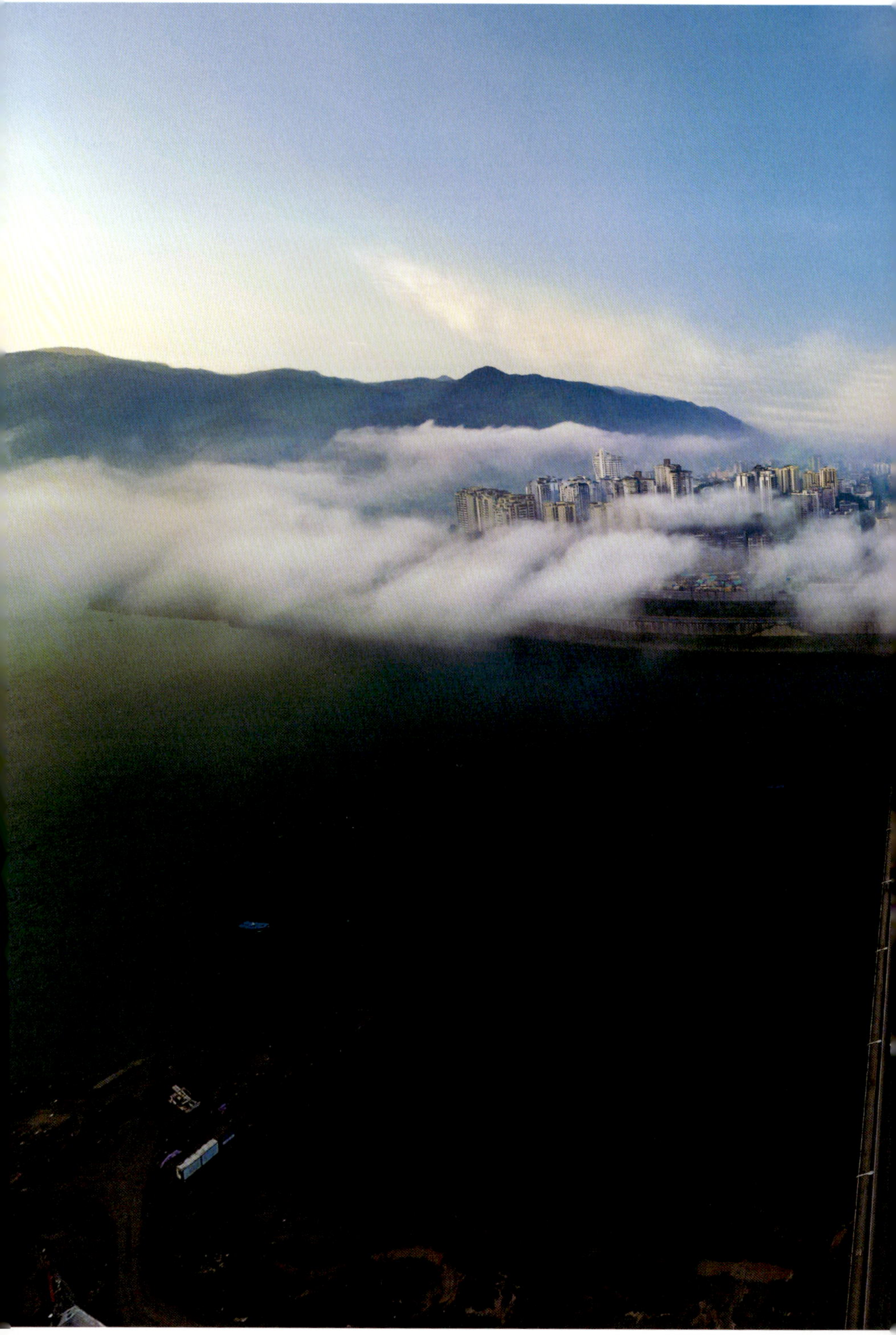

云中城　马冀渝 / 摄

我主动建言给它吃奎宁

说不定得了疟疾或肚里有了虫

要不就让花猪捂着被子睡一觉

终究是医生灌了汤药，之后好起来了

在北平那会儿一起过端午

鸡鸭肉尚且丰富，如今一盘凉拌藤藤菜

从隔壁菜园子摘的毛豆水煮

高粱酒，组缃得了稿费打的

已经足够，足够我有勇气活下去

茅屋，孤灯，照着梦痕

徐徐,本名徐莉瑛,浙江省作家协会会员,第二届"巴山夜雨诗歌奖"优秀奖得主。

徐徐

巴山夜雨：北碚风物志（组诗）

巴山雨或缙色云霞

一定有被楔进树木嫩枝里的云霞

拒绝落入俗套的白

它们伴生于朝日的豁口

在晚唐的巴渝，在嘉陵江

温塘峡的关隘缓行

彼时，车辙难以在一个

失意旅人的子夜

留下温热的压痕

芭蕉葱茏成墨色的床幔

西窗的烛花

被茕茕的暗影一剪

再剪

雨水跌入一帧红豆杉

沉重的哑然

在巴山

一定有被细细数过的

夜雨，在巴山

一定有缙色云霞里的闪电

雕刻着被月光辜负的

相思

冬日黛湖

学得最纯熟的是——如何躲藏

在阔叶林弥散的山脊

像一粒被山风嵌在

眉心的翡翠

而我知道,谁也无法拒绝

必然来临的雪花

在冬日的黛湖

我们都在树根与时间里默立

抬头望

天空怀抱皎洁

而那些,湖底的藻类

有冬天的锋利和

春天的柔婉

在冬日的黛湖等第一声鸟鸣

大致需要

用怀抱消融一山冰雪的

耐心

偏岩古镇饮茶

黄葛树的每一枚喘息

都落入茶盏

我端坐华莹古道的扬尘里

看有人从容

取水、浆洗、垂钓

黑水滩河

紧抱一桩桩木屋的檐角

有人傍水而筑,有人

向最深的山林放出

眼中的飞鸟

黛湖秋韵 明建/摄

萧刈,本名周俊锋,第二届"巴山夜雨诗歌奖"二等奖得主。

萧刈

关于北碚（组诗）

嘉陵江

在雨幕里练习温酒，煮出来炊烟
蓑衣和簸箕，浮现一些古旧的什物
用江水衬托起自由的风声，那是幼年
怯懦的身形，木筏就此一生飘荡

逆流，最后的桨橹也许陡然跌落
然而四野的流水不会无辜，峡山以外
滑翔而下的鱼子，错爱过多少人
会哭的眼睛，这注定是一场空洞的抒情

暗夜里葬礼上的歌声，蘸满蜂蜜的
毒液，我们约定从这杯酒以后
开始去醉生，接着梦死
然后学起父亲，轻轻地哼唱：

"朝花夕拾杯中酒，寂寞的人……
在风雨后"，那黑白而又璀璨的
爱情，而披上锅灰和袈裟以后
疼痛使人宽谅，使人无休止地消沉

当一截流水,最后成长为波痕
就这样用身体冲撞着,缙云山雨的黏稠
虏获一些睡意,踉跄着走向末路
黄葛树也确曾爱过,盘根又错节

想象北京路上,正码头的身边
我们借着两杯小酒,谈起良心和面包
那些易于变质的事物,而江水依然沉默:
"人就是个总想说自己痛苦的东西"

从北碚出门远行

从正午到日落的路程,匍匐
在火车上,看一列鱼群缓慢
自由地滑行,面带微笑
你曾说过的烛光晚餐,可以填满
这段隧道的黑,可以弥补一片
颤动的叶子身上,最醒目的刮痕
在飞鸟眼里,自由是一种过错
不能用指节来丈量,疲累侵袭的速度
那些亲历轰鸣的人们,也将亲历
新鲜的饥饿,沉落在白开水的影子里
出现农田和村落,出现一枚躁动的蝉
学习求偶,挣脱夏日的苦闷
在车窗以外,绿树成林
那些过分明净的事物,叫人难以心安
你要在锃亮的铁轨上,抓住最后两根
瘦弱的肋骨,抓住陈列的山丘和
乳房,抓住额头一条鱼尾纹的颠簸
抓住嘉陵江水的沁凉,以及高速公路
平滑的曲线,巫山巫峡气萧森
你会模仿,在断崖和峭壁上练习行走
等湿漉的空气,沾满所有疼惜
抵达是在九点五十八分,列车准点

看一些未知的期待,正在一点点流失

用一次检票,来证明一次迁徙

刷公交卡,开始面带微笑

开始想念另一座城市,开始

雕镂词语,接受被预留的宿命

不再逃跑,最后就这样

在一场细雨里,站成汪洋

朝阳码头

多么想成为你,在僻静处

一颗磨洗的卵石,临水而居

你把风筝读解成:漂浮的橡木

而在引线收紧以后,自由的风声

拖曳成,一具遗失铰链的锚

氤氲使人黏稠,那片碚石

在没入江水以前,盛产爱情

潮湿的手心,勾连起小城北碚

经夜的雨,不眠不休

有顺江直下的崖柏,无处栖留

要经受多少回,暮光的倾轧

水泥的桥墩,终于能写入隐秘

比如想象一粒鱼子,让浮标晃动

惊起古旧的鼾声,高处的

树影攒动,直耸人心

提起嘉陵江,他们或许

感到淡漠,在没有轮渡的码头

要怎样用波光来豢养,涉险的水路

趁着夜幕,烧烤摊位开始游行
开始用尽全身,为中年蓄力

你说曾经最喜欢,来回搅动
红油火锅翻滚,喜欢那一种沸腾
是醉酒以后的呢喃,大意我们懂得
而最后一截零星的渔火,经不起
夜风的揉捻,被反复撩拨

缙云山

眼前的春天和新叶，匍匐在天台
在被隐秘裹藏的角落里，孤单摇晃
而那些褐色泥砖，经得起目光
无数遍捶打，褪出老年青斑

种子在水泥板结以后，黄色小花
生长着远处，缙云山雨的轮廓
圈禁在荟文楼顶，要对丛生的树木致歉
夜风氤氲黏稠，教人惴惴不安

站在一棵树的高处，满心忧惧
那坍落的骨节，需要领受群山的训示
羁旅的行客不需要虔恳，燃点夜色
佯装朝圣，来豢养香火和鬼魅的私心

雾霭是朴素的，缙云山色也是
空气反复浸润之前，呼啸不被允许
漆色落尽以后的窗棂，总是默认关闭
苔草侵袭眉眼，遮住头顶的星光

在岩石上,没有文字可以永恒
而江水以下,鱼群险象环生
必须要接受眼前,被他们嫌恶的自己
作为一座山体,该有岑寂的寓意

暮色深沉,从某个逼仄的瞬间
请允许我逃离,拒绝黏滞的鼻息
对着缙云山,我们拖拽起那一根桀骜的
脊线,让舒缓的日光变得湿浊、溃烂

回北碚

像一颗提着灯笼的萤火

穿越过往，我们重新

走在回北碚的路上

看哦，画满夜星下的桥

端坐成一座人的姿态

昏灰色的高楼，墨守贞操

直到夜幕闪烁，红色血丝的车眼

等所有飘过风的叶子，纷纷

在错落中错过，等所有温暖的

灯盏，纷纷在绽放中绽灭

车窗外的风景缄默不语

在有车轮碾压过的地方

回忆裂开干涩的词语

我们用尽毕生的精力——回到

素描里的老城，当秋黄

走近夏绿的时候，街灯亮得

通明，在文字替代眼神的

时候，星光开始淡褪

仰望车厢以及天空的倔强

像是一种，中了幻术的忧伤

喧嚣是被时间戏谑的神经

诗人，用镜子里面的光

折射成——城市里最繁华的泡影

穿梭喔，穿过隧道的车体

捉住那散射的，捉不住的光

我们在跃动的车上

车在跃动的心原

心在跃动的远乡

要用一粒种子做成的灯

腐蚀一个激昂的时代

在车厢的睡梦里，忘记生长和

最自由的呼吸，忘记表达自己

快要风干的向往和沉郁的坚强

最后乘一宿温暖过昨夜的

软风，回到小城北碚

用跃动的心捧扶着眉黛的温婉

在缙云的山麓

在西大的夜

像一颗提着灯笼的萤火

挣脱过往，我们重新

走在回北碚的路上

重庆记忆

我以为，旧棉衣上的霉痕适宜去辨认
而不只是漂洗，我以为狮子峰上的白云
浓得化不开，像最后码头边的水雾
说散却总也散不去。泼墨的山水使草木
氤氲多情，总以为天空高过黄葛树
黄葛树高过眼眸，高过瞬息裂变的车辙
我以为那些台阶过于陡峭，那些聪明人
会选择绕行。毕竟没有谁愿意背负
整首诗的重量，听任滞涩的月光垂下
凌乱地涂写生活，最后长成不尽如人意的阻隔
窥探时间的门外，巴山的雨夜苍茫
我以为，我听得清水幕里潮湿的悸动
那些不解的雷音，从容而又平和地
删减着藤蔓上的游鱼，像所有不经意的

小东西，完全不经意地闯入你
枯瘦的日子，又不经意地践踏一粒
卵石，在心底生出柔软的羽翼
我以为成熟，就是从灿黄走向橙红
而在这里，木叶永远不会飘零
游离的渔火拖曳着潮声，拖曳着
我们手心里绵延不竭的绿意。我以为
离开的候鸟，不会那么容易地归来
我以为，爱情的贫乏不能免于生存的
疲累。我以为酒后大可不必醒来
那些重复的文字，化入醉生梦死的隐秘
在一场火锅里燃点此生，江湖汹涌
沸腾着，就这样沸腾着
走向沉寂

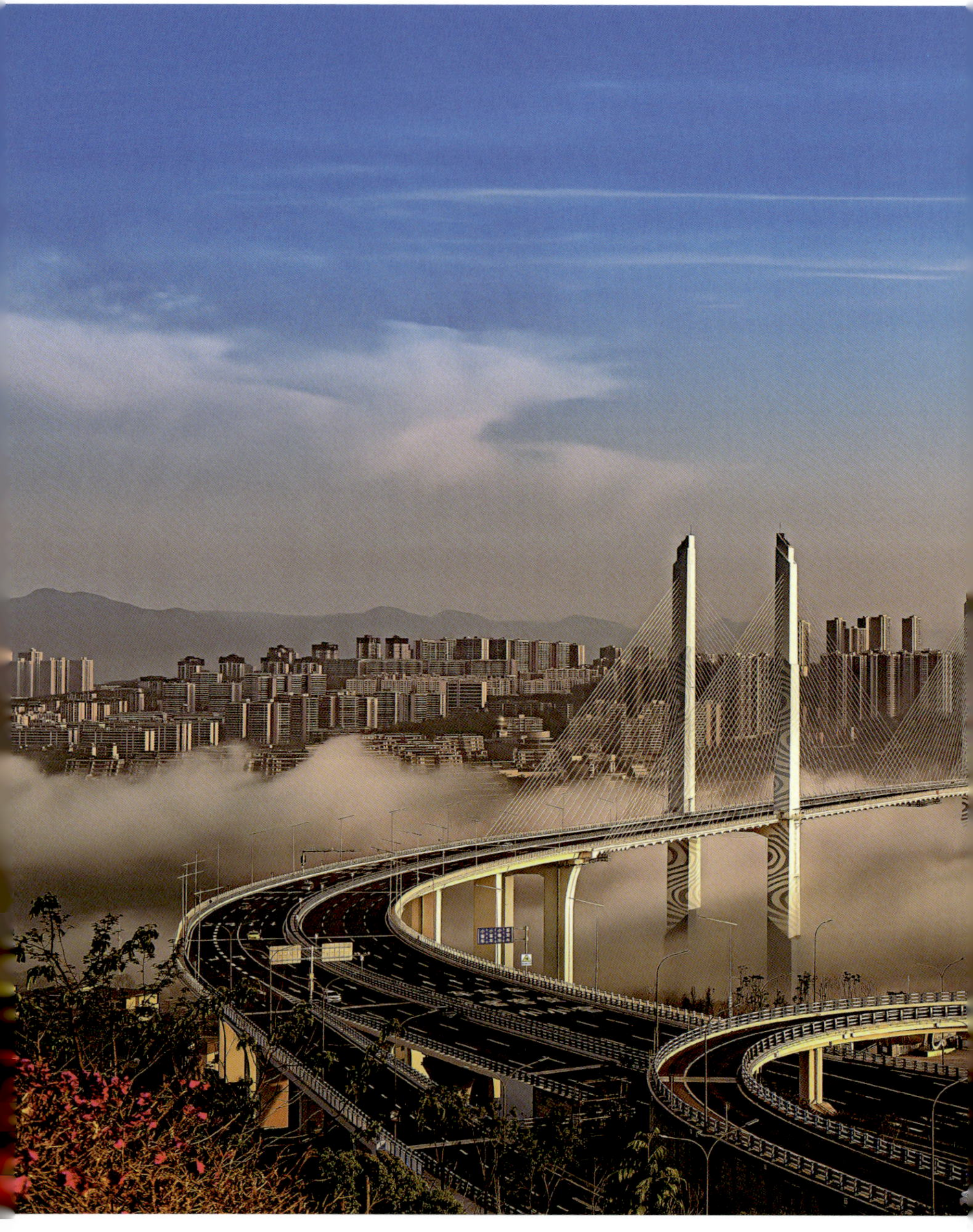

蔡家大桥 罗道全/摄

殷艳妮，重庆市作家协会会员、重庆新诗学会会员，首届"巴山夜雨诗歌奖"三等奖得主。

殷艳妮

东升村

一

在这里,阳光

是免费的

雨水也是

当春天亮出第一声响哨

河流和原野纷纷起身

给你绿,给你新

给你轻巧的翅膀,给你芬芳的花冠

七百亩香柳,将白昼晕染出金黄的色泽

四好公路,编织彩色的心情

在东山、西山上,绵延舒展

旭日——东升,在每一个

来不及抒情的清晨

二

每一声蝉鸣都必须

是幸福的

每一个音符都必须

是自由的

故乡的味道,在金鸡菊马鞭草

向日葵的簇拥中,叙事性铺开

前调和中调。那些闪亮的

苹果葡萄猕猴桃,害羞的小眼睛

躲在绿叶的身后,偶尔探出头

属于夏天的青春,没有尾调

一颗星星走下来

一条星河走下来,夜更深了

满载清梦——那是村子里的星光大道

那是夏日——最美的代言

三

秋天的第一场雨,是天空

写给大地的情书

季节成熟,请把一粒米还原成稻田

大片大片的,母亲的稻田

写满爱的密码

经过了泥土的酝酿、雨水的赞美

请把丰腴和富饶还原给餐桌
把希望、温柔和勇敢统统还原成
爱

四

爱一座村庄还需要理由吗
在柳门、在竹巷,你长身玉立
以柔软命名,以坚韧为骨

童话工坊、艺术院落
产业发展、生态宜居……
你的牛羊还在田野漫步
你的牧歌已奏响山林
你的新妆楚楚动人
你的未来如日东升

再大的城市,当她俯下身
也会退回村庄
再小的村庄根植沃土

站立时

便是世界的中心

五

我愿是你头顶的一片雪

我愿是你眉心的一颗痣

我愿是你从容酣睡的梦

梦中一遍遍

呼喊的名字

水渠夕照　朱慧云/摄

巴山夜雨

一座山的厚重,从下雨开始
于是万物蓬勃,连岩石也萌生出绿意

它上升,是玉尖峰顶普照的红霞
坠落,是人间夜半无人的私语

缙云山的时间,不以年为单位,而是以雨计
寺前那口大缸,落满一次,人间,就白一次头

一如我和晚唐的距离,仅仅
只隔了这一夜的雨声

那晚,应是夜浓于墨,烟雨迷了山道
他身披四十载的风云,跋涉万里
以文字叩响山门。是谁替他应门
又是谁替我作答?

他是一个在雨中躲雨的人啊
他的身体若空谷般回声不绝,他要将余生
放进一场雨里

缙云山的雨,没有下够的一天

它比黑夜要短,比归期要长

原谅我,今夜无法写信给你
寅时有雨,我在等一个名字
和夜雨一起归来

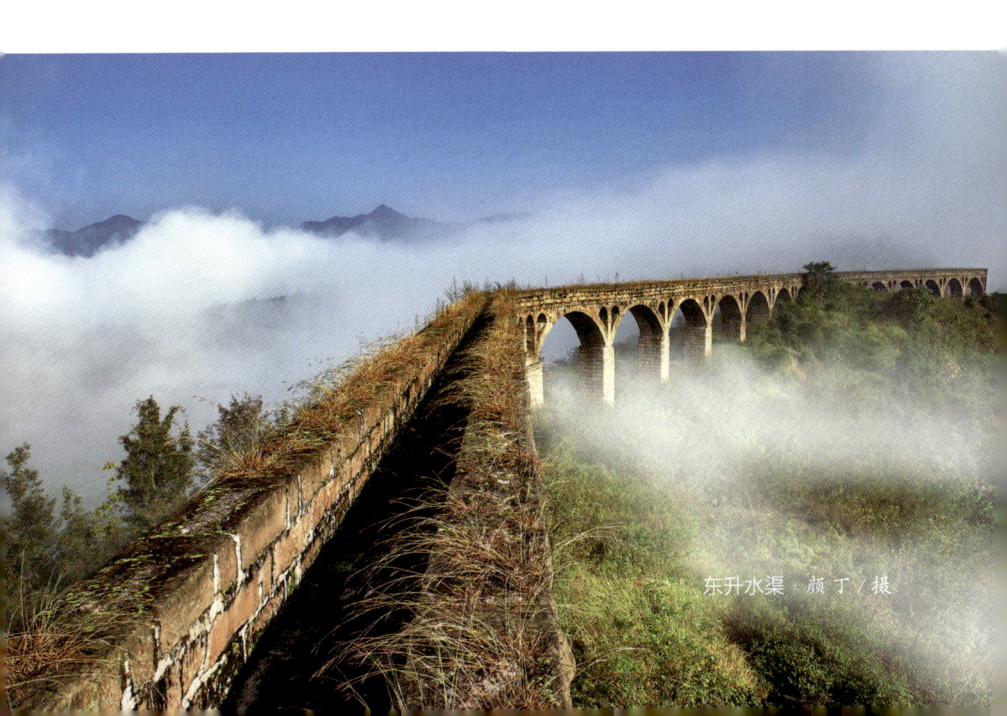

东升水渠 颜丁/摄

郑劲松，重庆市作家协会第五届全委会委员，重庆市散文学会副会长，重庆市北碚区作家协会副主席兼秘书长。

郑劲松

金刚碑问

碑在何处?
我问山,问水,问月
问时间,问自己

风,把我的问号吹到
缙云山下,嘉陵江畔
这方山水双手合十,笑而不语
一湾江水,一行清澈的草书
迎上山尖的斜阳,在歌声里闪烁其词

只有浸泡过历史的流水
才能激荡酣畅淋漓的回声
只有经过岁月的淘洗
地下的秘密才能冲破一座山的筋脉
汩汩涌出
林泉之间,从此绝美如斯

碑,也应该这样庄严出场
没有一块石头够它书写
它应该刻在神圣的经卷之上
写满爱与信仰的目光

它在最温润的血液里矗立

慈悲，就是金刚之碑

于是，山的心脏里长出一块巨石

想拦截这一往无前的欲望之水……

传说的尽头是烟火的人间

青苔生花了，一册线装书

展开一条古老的小街

哒哒的马蹄或者枪声破空而来

我在石头上抚摸明清或者民国

在更为久远的峡谷温一壶嘉陵江水

这60度的万年老窖　一饮而醉

我披上江中的那件白云衣衫

绝尘而去　一去就是晚唐

其实，能够风行水上的只有诗句

千年前的涨水季节召之即来却挥之不去

舟楫不行，爱情受阻，只有诗行如剑

一剑一剑，我在峡谷中舞蹈

划破巴山夜雨的一幅长卷

在一棵相思树下，和李商隐坐而论道

论缙云甜茶和咖啡

是否可以鉴定中外古今

好多历史就这样顺着石板路醒来

我却在它们的足音里沉迷

我突然看见那座碑了

在山上，在云端，在水里，在日月之间

每个人都是一块直立行走的碑

我必须全神贯注，以金刚之力

牢牢地抓住自己

抓住摇摆不定的命运

缙云甜茶[①]

此刻,目光在雕刻时光

水,被赋予灵魂,在净化血液

几经沉浮 犹如等待季节轮回

叶子在杯中复活 仿佛有双眼睛

湿漉漉地与我对视

筋脉随即伸展,无须攀登

我就进入了一束阳光 一首诗

进入了一片森林 一座深山

一场飘着唐诗宋词的巴山夜雨

这是缙云甜茶在重新定义一方山水

苦涩,慌乱,迷茫……可以变味

甘洌,宁静与澄明

这是走进大自然内心深处得到的

母亲对儿女的那种最初的馈赠

珍藏千年的美,修了千年的禅意

一剂精神的药,养心润肺

不是糖分,一定是阳光

穿过密林播种的

是山高月小的静谧时刻

[①] 重庆市北碚区缙云山特产茶种,味甘甜,1937年参加巴黎万国物产展览会。

是星星的微光在最干净的土壤埋下的
是那位误了归期的诗人蘸着风声雨声
写给爱情的,是温泉从刻骨铭心的
裂缝中汩汩涌出的

是相思寺的钟声敲醒相思鸟的思念
是相思树的嫩尖上凝结而分离出的
这款缙云山的茶
不,这款缙云山的甜
是一棵树的呼吸,一片雾的呢喃
一座山的香气与温暖

采摘也如此神圣
那必须是春天的一场仪式
一场空山新雨后的风清景明
必须以母亲般温存而干净的手指
取下这大地的贡品

然后,开始熬制岁月
煎炒,烤焙,烘干,存储一段记忆
每一道工序都是一行生命的赞美诗
制茶人在山中养育子女

一杯金黄色的闪光 沉淀哲学之美

缙云甜茶,我在和自己对饮
随风起舞,我也是一棵树一片云
一团雾,和一道山脉融为一体

无须一饮而尽,这一刻即是永恒
无需回味,相遇已是一生

缙云晨曲　王飞/摄

缙云四照花

北碚天生丽街某处侧墙画着一树花,看图注始知那是缙云四照花。
　　　　　　　　——题记

一簇花,先是开在墙上,
在雪白的墙上,是她照亮了阳光
一条叫天生桥的老街
瞬间生出了凉风和花香

街上本没有桥,现在有了
四照花让我攀上花枝
顺着叶脉,爬上了缙云山腰

缙云寺旁的丛林中就有一棵
这花应该是烛照人间的佛吧
照着春夏秋冬　生老病死
快乐,抑或忧伤
一如花开花落　从不慌张

此刻,蝉声如禅将我淹没
继续沿着花瓣走
整座山也变成一面墙

碧绿的深海 我在何方

那就住进这面墙吧

做它的四分之一

为这朵花挡住雨雪风霜

一瓣花发出白云的笑声

雪白的墙打开了

白茫茫的大地干净而芬芳

缙云四照花花蕾 吴祥鸿/摄

龙凤溪三题

水鸟

似乎它们才是这儿的主人
我和这排楼宇是莫名其妙的闯入者
近在咫尺,我无法抵达这水
以及飞翔的水鸟

一次次,它从水面
从水底的蓝天起飞
像一柄剑 划过我多愁善感的窗棂
天空被瞬间分割成几片
几道忧郁的弧线
几块温暖的幽蓝

它是一位孤独的舞者
在水天之间
我是一名观众
在自然与人之间

随后 我开始一天的生活
早出晚归
它始终诗意地栖居在河岸

高高的树干

此刻，它是观众

我是演员

雾都龙凤溪　杨世兰/摄

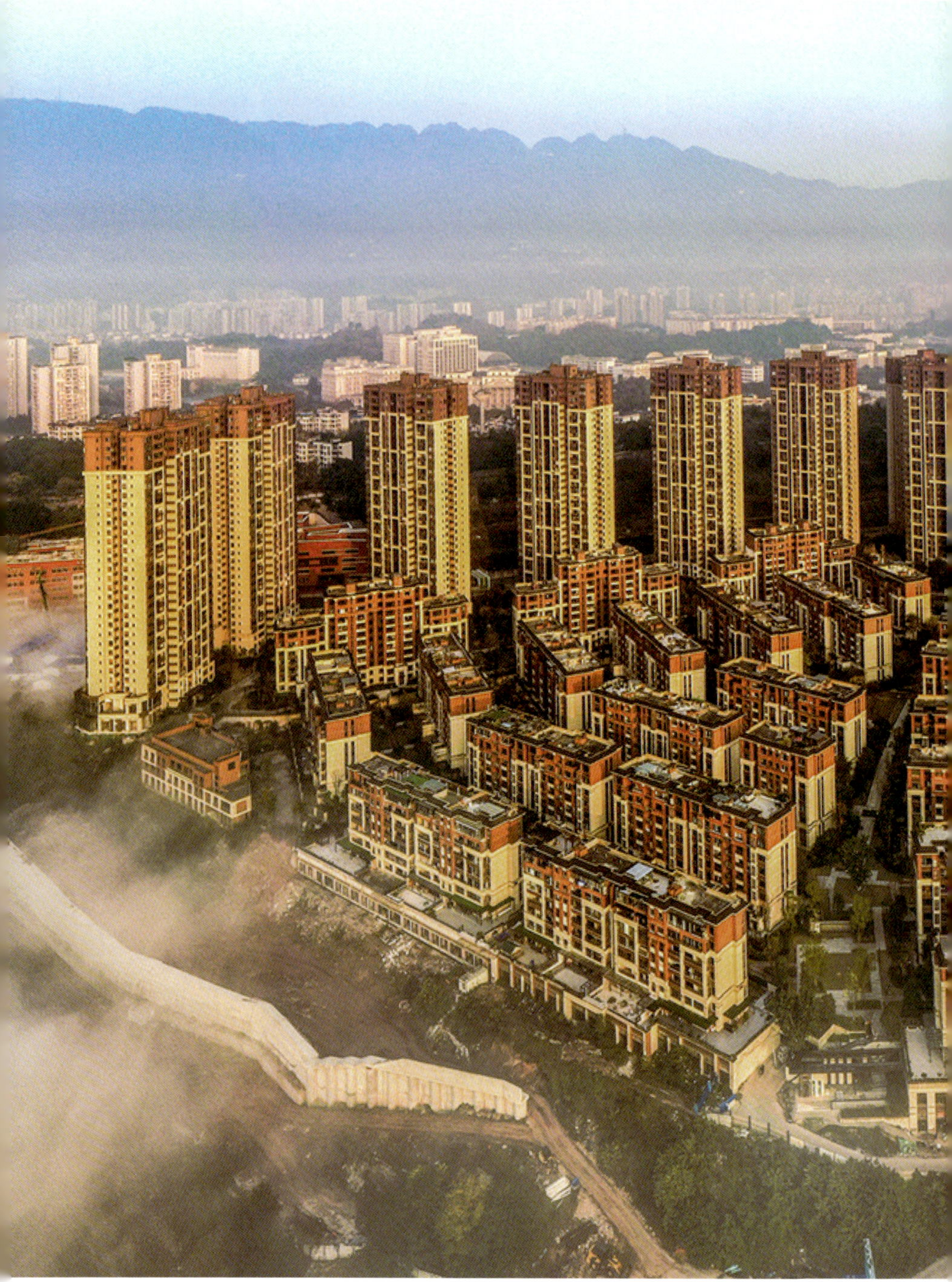

龙凤溪畔起新城　杨世兰/摄

水

有水在窗下流成生活的动词
一年四季就显得顺理成章
一条温柔的修长手臂拥着小城
龙凤溪,始终以不瘟不火的表达方式
帮我修炼低调的人生

这是一道吉祥的风水
在水边栖居 水就还原成水
雨落窗外 还原成我的生活语境
可以迅速接通天地 而后万川归海

雾大,看不清来路与去向
上游还是下游 静止还是流动
她都以亲人的形象伫立一侧
陪着我生儿育女并长大成人

枕着若有若无的虫吟
当我把第一根白发抛下溪水
一声巨响惊醒沉默的鱼群
以及我宠辱皆忘的一生

钓者

用一根线就进入了生活
或者哲学。溪边垂钓
是令人羡慕的生活图景

饵料,是心
用心和水下的鱼群
和深藏的自己对话
钩沉往事考证一段存在与虚无
让一节芦苇承受生活的重与轻

温暖的风吹动好看的涟漪
诱使鱼群一次次上当
愿者上钩,这是一条真理
你在溪边钓鱼
又有多少人在楼上钓你
钓与被钓都自愿发生

猎影　张海/摄

巴山夜雨

在历史的语境里

总有一丝雨声

浸润苍白的灵魂

时间已经生锈了

唯有诗意,在窗外滴滴答答

黑夜的画框犹如千年的沉默

把偌大的巴山定格

这一场雨,把苍茫的笙箫

洗成感人的长笛

李商隐写下的借口被反复使用

归期永远在路上

在雨中无法兑现

离家很久了

这一簇乡愁始终挂在窗外

故乡,在心里模糊了很多年

而今被雨淋醒

明明白白地疼痛

多少思想曾被浇灭

又在雨中发芽

露珠在抚摸花刺,告诉她

要坚定盛开的信念

点亮一盏经年未用的马灯

天空之镜 谭耀/摄

一匹马便穿过弥漫的硝烟

含着热泪奔跑过来

一排石梯就是一排文字

爬行在宣纸上的一条羊肠小径

乘着夜色雨声,总有坚强的归来者

艰难的步履踏响书中的深山

此刻,大地无眠

千山万水成群结队的孤独

一声呐喊,惊醒唐宋两朝

今夜无诗无词,只有风声雨声

冬日黛湖：我不想把这样的美公诸于众

突然闯入冬日的黛湖

我沦陷在另一个陌生的时空

这是一座深山的心海么

碧绿的，令人心疼的那种

是一颗珠子，还是一滴眼泪

从天而降，是哪位仙女遗落人间的

修炼了千年的丹玉

这时节，本已寒风刺骨

可一走近你，我就感到一种炽热

一湖泪水，是为谁温润如春？

这面镜子 突然落满往事

是谁在湖底揭开刻骨铭心多年

却不愿再提及的秘密

是山巅在迎接远方的雪花吧

谁这么急切地，把五彩斑斓的丝巾抛下

挂在了湖边的树梢

是热恋的情人第一次牵手吧

湖边的枫树顷刻间充血

一叶叶的火苗，在寒风中燃烧

黛湖，我不想把这样的美

把这样的幸福，这样的秘密

公诸于众

我要切下蓝天和白云的投影

切下山林里所有鸟儿的歌声

切下那一串串红枫的血液

我要制作一面美丽的旗帜

在那永不褪色的灵魂的封面

与这样的爱与美、孤独与自由

宁静与悠远 与你厮守终生

冬日黛湖　陈远鸿/摄

远方在飘雪

远方在飘雪,如同风中飘来

儿时的歌声。朋友圈的雪

也是雪和朋友,甚至是

冰清玉洁的女友或者纯洁的闺蜜

在南方的山地一年一度公开约会

远方在飘雪,远方就近了

雪,多么好的借口或修辞

向往美,向往爱,向往春天与自由

所以,我们爱雪,念雪,等雪

目光比鸟儿的翅膀更能飞翔

我们越过千山万水 和雪花温柔团聚

有雪,往事就凝固了一些情节

故乡也从记忆中融化了大片村庄

经年未冻的水面,飘来一层薄冰

透明地奔跑着童年的倒影

有雪,我们的语言干净而轻盈

所有的树,草和山都长高了

洁白的世界开始五颜六色

只住着童话、传说和梦境

是的,雪正由北向南由高到低

在绘画，在写诗，在舞蹈，在歌唱

既然春天披着雪花启程

我们就心许远方吧，让血液清洗一次

就会晶莹剔透地闪动着

真实的阳光、月光和星星

震杳，第二届"巴山夜雨诗歌奖"优秀奖得主。

震

杳

寄自唐朝的巴山信笺（组诗）

缙云来信

从一千多年前的晚唐，从巴山腹地的
某个秋夜里，有信寄出
飞驰的马蹄把细雨踩踏得更深了

信很短，很急，只写了几件事：巴山
夜、雨，秋池正缓慢但坚定地涨高。

收信人在北方
写信者是南，孤独的南，
他静坐于时代的迷宫，卡在巴山夜雨
绵绵的无尽中，将归期拖入凌乱的泥淖

像一封电报，他已无力支付更多的言语
飞驰的马蹄越过我们，继续向北
谁有一盏烛火，此信就寄给谁
谁有一把剪刀，谁就可以轻轻剪他的心事

黛湖夜雨

细雨敲击湖面,如敲击纰漏丛生的晚唐
如打在一张空白的信笺
命运的水面被击痛,却不会被击穿

写信的人仍坐在子夜,背影如巴山
信写罢,雨仍不歇,仿佛催他继续
但他已在简短中获得了满足:
他确信有那样一个夜晚,西窗微明

有一个对坐的人,一双剪烛的手。
他于苦雨中取出了两个夜晚
两种生命:一个孤独,一个齐融
用雨的请柬,同时邀约了古人与今人

黛湖迎着雨滴,向混沌的夜上升
它期待更多的敲打,期待更多的问与答

缙云古寺

深藏于鸟鸣的翠色，藏于你陡峭的胸膛内
飞檐如韵角翘起
一声钟响，秋雨便缓慢布满黄昏

历朝历代的佛，聚集于此，占住
坚硬的石头；你只能委身草木
得到最易朽的部分

在寺内久久盘桓，你看风吹动一炷香的灰烬
回去的石径上，枯叶细微的爆裂声
粉碎着心底的草稿，将一封长如夜雨的
信，删减成烛火那么短的几句

打开这封信，阒寂的巴山迎面拔起，夜雨
湿润。你只字未提那座寺
那些佛，你对人间的期待大于石头

白云竹海

白云为绢，青竹作笔，
巴山缥缈尚有许多待写的书信

但昨夜
一场秋雨，浇熄了词语虚弱的火苗
清晨，你踱出信的废墟，
偌大空山，只有鸟鸣横冲直撞
只有一条浅溪，化解着磐石的疑问

云雾生灭，故乡已远。年少时的星辰
俱不知所终；心头的灵犀
也枯槁成荒草间的土丘。风拨动竹海，
听觉的雨追来，穿透脊背

思念如一场荒凉的盛事
巴山是一个出口，是座绿色的大邮局，
为了避雨，你把自己当成一封信，寄了出去

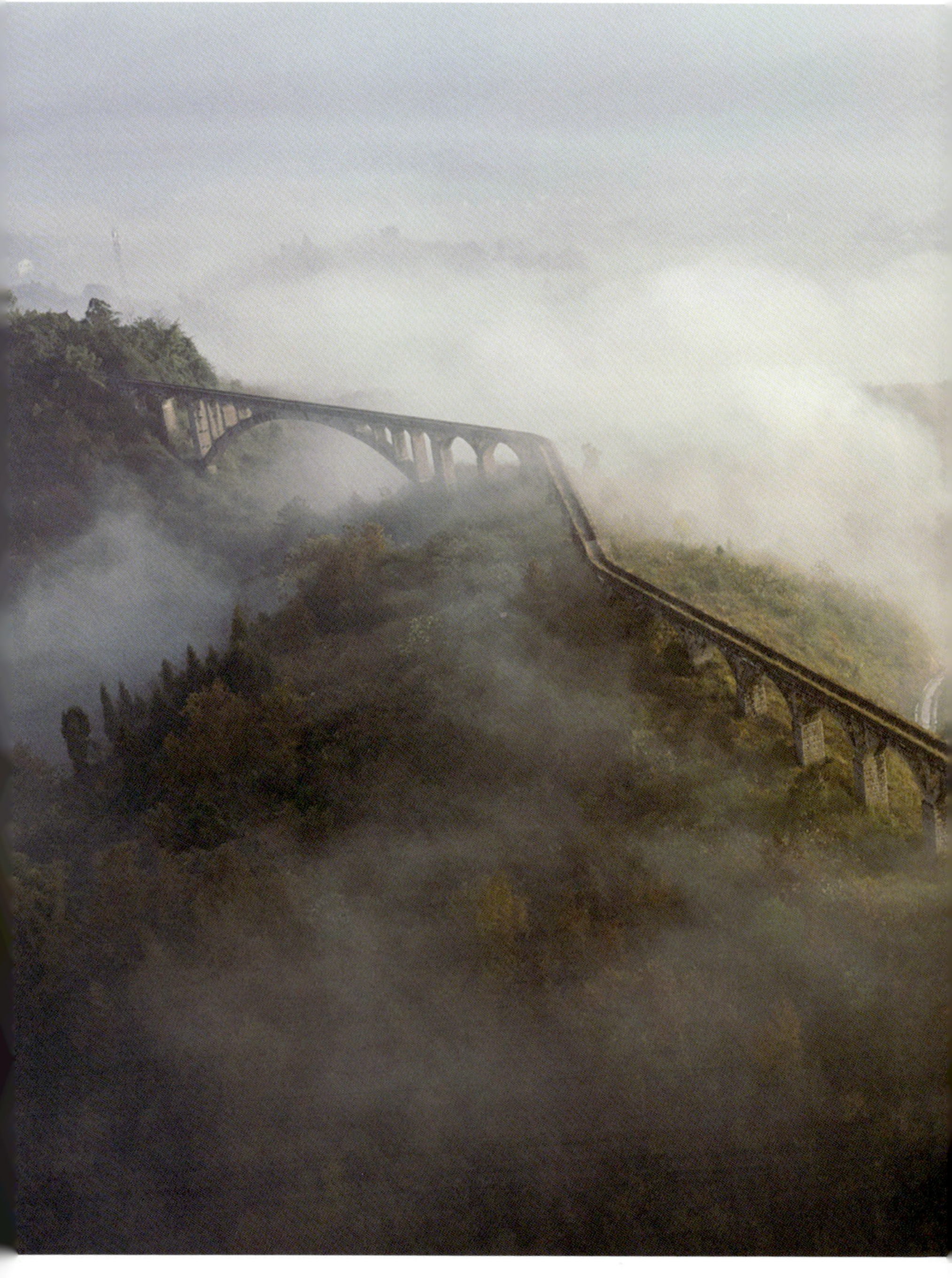

云漫东升 秦庭富/摄

拟回义山话巴山

来信收悉。虽然晚了一千余年
虽然我搜遍全身也找不到半截蜡烛
但我确信自己就是收信人,我在北方
凭窗多年,为等这样一封旧信

第二夜睡前,又读了一遍。再次听到
淅沥的雨声敲击檐瓦,我关闭案头的灯盏
坐在暗中,像巴山静静接受一场洗礼

信中的平仄转为山径,笔画折如草木
对于上涨的秋池,我同样束手无策
甚至无法为你披一件外衣
(顺便提一句,唐的困境已解除;你的困境
仍在《锦瑟》与《无题》间摇摆)

回信不必再走一千年了,我想用电子邮件:
义山@巴山. 秋雨。你收到可
自动回复,一片狮子峰的云

赵星宇，四川省诗歌学会会员、原点诗社成员，第二届"巴山夜雨诗歌奖"优秀奖得主。

赵星宇

北碚印象（组诗）

缙云山深处

久住在山中，就会和一棵树

一株草，相识

我们度过四季，两手空空

风吹过，那是它在诉说

雨水拍打芭蕉，上演着独奏曲

万物也有心思

香附子、青风藤、小茴香……

微苦、微甘、性平，采摘入药

风一吹，带有浅浅的善意

我在林间穿行，一切都是那么纯净

蟋蟀低语，皂角刺锋利

溪流旁饮水的松鼠，匆匆逃离

结痂的枫树，在这个秋天

孤单而浪漫，我们彼此不说话

雾色中偶尔传出的一声鸟叫

也会让我们泪流满面

山 寺

这里的山上还有山，浅隐在

林间的寺庙，还有年轻的僧侣

大雨过后，河床里的砂石

随着经文和暮霭里的钟声，一起奔走

木鱼敲打着整座空山

抬头看去，山峰

在暮色里削去棱角，低向尘埃

坐在寂静的深处，风吹过

云向南走，流水向北走

我站在原地，大喊一声

不知向何处走去，山谷里

草木修行，我席地而坐

还剩下半个身影

竹海遇雨

走在竹林深处,雨越下越大

一片叶子和我擦肩而过

它轻盈的步伐,即刻涌入

雾色之中,我行于青石小道

认真去辨认,每一株植物

有没有向外生长的可能

草木笔直,不敢怀有恻隐之心

一束光和我擦肩而过,却又落入深渊

唯有竹枝,生长到一定高度

就学会鞠躬,这卑微的谦逊

高过我的头顶,让我

在谦卑中站立

腾龙垭之夜 李继洪/摄